「ひどいよっ」
「なにが、ひどいの?」
「だって、フレーズ、ヴォルケーノ兄ちゃんとあんなこと……」

おまえのハートを暴いてやるぜ！
～妖精学園フェアラルカ♥～

♥

南原 兼
イラスト／月本てらこ

もえぎ文庫
ピュアリー

Introduction de caractères principaux

登場人物紹介

妖精学園フェアラルカ♡

トォルの従兄弟。ジルとは恋人同士だけど、愛されていることにあまり自信がない。ちょいブラックな性格!?

ノームの王族の第３王子で従兄弟のニィルとは大の仲良し。現在はエアとツンデレながらもラブラブな関係♡

氷の風を操るシルフの青年。同室のニィルとは恋人同士だが、双子の弟・エアをかまうことも忘れない。

炎の風を操るシルフの青年。ツンデレな性格。同室のトォルとは恋人同士だが、双子の兄・ジルも大好き。

ルゲイエ先生
学園で天文学を教えている先生で、眠りの精。ハートミアとは恋人同士。デスの双子の兄で本名はオーレ・ルゲイエ。
ハートミア
男の子ながら「湖の貴婦人」の名を受け継いだ湖の精。ルゲイエとは幼なじみで恋人同士。気位は高いが健気な性格。
デス
ルゲイエ先生の双子の弟で、永遠の眠りの精。ハートミアにご執心中。ルゲイエの双子の弟で本名はオール・ルゲイエ。
ミントショコラ
フルールの従者で、彼の幼なじみ。奥ゆかしい性格のためあまり表面には出さないが、フルールに一途な愛を捧げている。
フルール
花の妖精国の王子で、薔薇の精。ロマンチストで口説き魔だが、恋人で従者のミントショコラを誰よりも愛している。

CONTENTS

おまえのハートを暴いてやるぜ！

〜妖精学園フェアラルカ♥〜

TERM★1　帰ってきた熱いアイツ★

英国、グレートブリテンの南西海上に人知れず浮かぶ、妖精王の領島《りょうとう》アヴァロン。

その北岸に近い森の中に建つ妖精たちの学園フェアラルカの虹色の塔のまわりで、爽《さわ》やかな夏の光がきらきらと跳《は》ねまわっていた。

新鮮な甘い緑の香りに包まれた、美しい朝。

いつもなら、食堂のある中庭のあたりが、そろそろざわざわと賑《にぎ》わい始める時刻である。けれども、今は夏休み中で、寮生のほとんどが帰省したりサマーバカンスに出かけたりしているせいで、学園内はひっそりと静まりかえっていた。

そんなひとけのない中庭の石畳《いしだたみ》の上を、食堂から出たきた小柄な生徒が一人、燃えるような赤い髪をふわふわと揺らしながら、小走りに駆《か》けてゆく。

高等部の一年生で、火の精のヴァルだ。

両腕に大事そうにかかえているのは、アーチ型のねじりパンのような持ち手がついた、果物籠状《くだものかごじょう》の丸型のバスケット。

純白のランチクロスで覆《おお》われた籠の中には、フェアラルカの腕ききシェフである『かまどの精』ヘスティアス自慢のいろんな味が楽しめる焼きたてのパンやキッシュに加えて、もぎたての瑞々《みずみず》しいフルーツが、たっぷり二人分詰めこまれていた。

中庭を抜けて、ヴァルは、翼のついたヘルメスのサンダルでも履いているかのような、ふわふわとした夢心地で、学園のはずれにある薔薇園《ばらえん》へと向かう。

そこには、夏至祭《げしさい》が近づく頃に転入してきた花の国の王子ロードクロサイト（愛称《あいしょう》フルール）と、その従者《じゅうしゃ》でやはりヴァルのクラスメイトであるミントショコラのために温室を改造して造られた、豪奢《ごうしゃ》な離れが建っていた。

だが、フルールとミントショコラが花の国に帰省中で留守にしている今、そこにいるのは、別の人物（妖精）だった。

ミントショコラの従兄弟《いとこ》で、花の国の御者《ぎょしゃ》のミントフレーズ。

その名のとおり、甘いいちごの香りのミントの精。

フルールたちを迎えに花の国から六頭の天馬を駆って、空飛ぶ馬車を運んできたミントフレーズだったが、途中で激しい雷雨に見舞われ、フェアラルカに着くなり高熱で倒れてしまったのだ。

そのせいでドクターストップがかかってしまい、フルールたちが花の国から戻ってくるまで、ミントフレーズはこのフェアラルカで静養するように命じられたというわけだ。

そして、その看病を自ら進んで引き受けたのが、夏休みにもかかわらずフェアラルカに残留《ざんりゅう》が決定して、がっくりと落ちこんでいた火の精のヴァル。

夏休みに入る数日前に、図書館でうっかり興奮して火の粉を飛ばしてしまい、貴重な書物に数冊焼け焦《こ》げを作った罰で、ヴァルは、休暇のあいだにそれらを新しい用紙に写本《しゃほん》して復元しなければならなくなったのである。

けれど、そんなふうに残念な感じのヴァルの夏休みも、ミントフレーズのおかげで、今ではすっかり薔薇色だ。

オフシーズンのさびれた漁村クラスの過疎具合《かそぐあい》のせいで、逆に、『ゴージャスな秘密のプライベートリゾートで噂《うわさ》の美人を独り占め気分』が満喫できるとは。

(俺って、ラッキーっ)

心のプールに気前よく流れこんでは、なみなみと満ちあふれ続ける幸せのバブル。

いつもは、ぽつり……ぽつり……とようやく滴《したた》り落ちればよいほうなのに。

それこそ、もともとそうたいして多くもなさそうな一生分の幸運を、この夏の数日で、綺麗《きれい》さっぱり使い切ってしまいそうなほどの勢いだ。

「幸せすぎて怖いって、こういうことを言うんだなぁ」

赤いレンガの小径《こみち》でふと立ち止まったヴァルは、ミントフレーズの優しい面差《おもざ》しを脳裏《のうり》に思い浮かべて、熱っぽい吐息《といき》を零《こぼ》す。

「でも、わが青春に悔《く》いなし！」

ヴァルは力強くうなずくと、胸元にかかえた朝食のバスケットをぎゅっと抱きしめ直して、ふたたび足を速めた。

それにしても……と、ヴァルは、ミントフレーズと出会った瞬間の衝撃を思い出し、唇を咬《か》む。

見事にひと目惚《めぼ》れだった。

雨に濡《ぬ》れそぼった姿で、ミントショコラに支えられながら医務室に入ってきたミントフレーズをひと目見た瞬間に、ヴァルは、これまで遠い存在だった恋というビーストが牙をむいて自分に襲いかかるのを感じた。

恋に落ちるというけれど、むしろ、恋が落ちてきた。

……そんな感じだ。

それは落雷のように頭上から落ちてきて、あらがうまもなく一瞬でヴァルを組み伏《ふ》せ、支配してしまった。

あれは本当にすごい体験だと、ヴァルは思う。

あんな衝撃を味わったのは、子供の頃に、二つ年上の兄のヴォルケーノが大切にしていたエレキギターに勝手にさわって、感電プラス炎上しかけたときくらいだ。

絶対さわるなよ！　と念を押されていたにもかかわらず、どうしても気になって、言いつけを破ったヴァルがいけないのだが。

（あのときは、髪の毛ちりちりになったよな）

熱に耐性《たいせい》のある火の精じゃなかったら、そんなものじゃすまなかったところだ。

『下手したら、おまえ、燃えてダイヤモンドになってたぜ』

そうつぶやいた兄の声が脳裏に甦《よみがえ》って、ヴァルは、ぶるっと身震いする。

こんなことを思い出すなんて、恋も生半可《なまはんか》な覚悟でさわると、火傷《やけど》するどころか命も危ないという暗示だろうか？

（用心しないと！）

そう自分に言い聞かせる。

……と同時に、ヴァルは、急に不安になった。

（もしかして、まだ早い？）

飛ばす火の粉のコントロールさえ、まだ充分にできない自分に、恋なんて。

だが、同級生でノームの王子であるトォルだって、シルフのエアとつきあっているのを考えれば、決して早すぎはしないという気もしてくる。

（それに、やめろと言われても、無理だしさ）

恋心の暴走は、そんなに簡単にはとまらない。

これまでだって、女子部のかわいい女の子に胸をときめかせたことなら何度もあるけれど、ミントフレーズへの気持ちの暴走具合は、ほかとは比べものにもならなかった。

もっとこう、轟々《ごうごう》と燃え盛る炎のかたまりが心の中心に棲《す》みついて、それを通してしか、なにも考えられなくなるみたいな……。

怖いのに、どきどきする。

苦いのに、うっとりする。

恋のプリズムは、これまで『喜怒哀楽《きどあいらく》』といったふうに、きわめて単純だった感情を、七色に変化させる不思議な魔法のツールだ。

色だけじゃなく想いの形までもが、ものすごいスピードで、万華鏡《まんげきょう》のようにすり変わってゆく。

やっかいだけど、とても綺麗だ。

恋が落ちてきたあの日から、ヴァルのまわりで、なにもかもが、虹色に輝いていた。

とりわけ、ミントフレーズの待つ薔薇園のほうへ近づき、甘い香りが濃厚になると、瞳に映る光の乱舞《らんぶ》も、左胸の高鳴りも、身体の熱も、加速度がついたように激しくなるのがわかった。

けれども、勇気を出して、進まないわけにはいかない。

棘《とげ》だらけの茨《いばら》に守られた眠りの森の城へ、姫を目覚めさせるために乗りこんでゆく、勇《ゆう》敢《かん》な王子のように。

放っておいても伸びてくる蔓薔薇《つるばら》に囲まれたベッドで、静かに眠るミントフレーズを、目覚めのくちづけはまだ無理でも、優しく揺《ゆ》り起こすために。

その頃……。

花の城に宿泊中のヴァルの友人たちも、甘い薔薇の香りに包まれて、心地よいまどろみから目覚めたところだった。

「んー、デリシュー」

きめの細かいミルク色の裸体の腰から下だけをピンク色のシーツで隠した恰好《かっこう》で、金と薔薇色のティーカップに唇《くちびる》を寄せ、「甘美《かんび》だ」と賞賛のため息を零《こぼ》しているのは、花の城の王子フルールの客人で幼馴染《おさななじ》みでもある双子のシルフの弟のほう、炎の風のエア。

そう。花の城の朝は、薔薇のコンフィチュールたっぷりのローズティーで始まる。

もちろん、ベッドの上で自堕落《じだらく》に。

「朝っぱらから、よくそんな甘ったるいものが飲めるな」

キングサイズの天蓋《てんがい》付きベッドで一緒のシーツにくるまって、甘いローズティーをうっとりと味わっているエアを横目で見ながら、嫌そうに洩《も》らすパジャマ姿の糖蜜色《とうみついろ》のハネっ毛は、同じくフルールの招待で花の城に滞在しているノーム王家の第三王子トォルである。

二人はフェアラルカのクラスメイトで、夏休みが始まってすぐに、トォルの従兄弟のニィルやエアの双子の兄である氷の風のジル、それに湖の精のハートミアたちとともに、フルールの侍従《じじゅう》のミントショコラが御者《ぎょしゃ》をつとめる空飛ぶ馬車で、この花の国へとやってきたのだった。

「眠っている脳を素早く、かつ心地よく目覚めさせるためにも、朝は甘いものをとったほうがいいんだぜ」

「へぇー」

　イライラ解消のアロマ効果があると言われているローズティーのおかげなのか、たしかにエアは、いつもの寝起きに比べると、百倍程度は機嫌よさそうに見える。

「ふふん。どうだ？　上機嫌なシルフっていうのも、たまにはいいもんだろ？」

「そうだな。ま、俺はジャム入り薔薇茶なんか、勘弁《かんべん》してくれって感じだが」

　ローズティーの効果は一応認めながら、トォルは自分用の金とグリーンのティーカップの中身を、ぐいっとあおった。

「そういうわりには、いい飲みっぷりじゃないか」

　怪訝《けげん》そうに切れ長の瞳を細めて覗《のぞ》きこんでくるエアを、当然だというように斜めに見返しながら、トォルは手の甲で勢いよく口元をぬぐってみせる。

「だって、これ、昆布《こぶ》茶だし」

「なんだって？」

　甘党のエアは、それを聞いて、とっさに身体を退《ひ》きながら、顔をこわばらせる。

　そして、トォルのカップを、まるで毒ガエルでも見るようなまなざしで眺めた。

「なぜ、そんなものがここにあるんだ？」

「昨夜フルールに、朝のお茶は薔薇ジャム入りでいいかと訊《き》かれたから、俺は甘くないやつにしてくれって頼んでおいたんだ」

「だからって、花の城に来てまで、そんな妙なものを飲まなくても……。ほかにもあるだろう？　ミントティーとかカモミールティーとか」

「いいじゃねーか。おまえが飲むわけじゃないんだから」

トォルは自分用のトレーから、カップとおそろいの金とグリーンのティーポットをつかみあげると、おかわりの昆布茶を注《そそ》いで、中を覗《のぞ》きこんだ。

「それに、ほら。これ、梅も入ってるんだぜ。ちゃんと花の国らしいだろ？」

つられてトォルのカップを覗いたエアは、だまされたとばかりに、低くうなる。

「梅の花かと思えば、梅干《うめぼし》のかけらじゃないか」

「たいして違わないだろ。てか、花より、こっちのほうがうまいし。……しょっぱくて」

トォルがそうつけ加えるのを聞いただけで、エアは、しょっぱそうに顔をしかめ、ごくりと喉《のど》を鳴らす。

口直しにと、急いで自分のローズティーをおかわりしたエアは、ようやくホッとした面持ちで吐息をついた。

「はぁ。間違えて、そっち飲まなくてよかったぜ」

「お互い様。けど、薔薇茶も結構、酸《す》っぱくないか？」

トォルの問いに、エアは大きく首を横に振る。

「甘酸っぱいのと、しょっぱいのを、一緒にするな」

「誰も、一緒になんかしてないだろ。俺だって、いくら酸っぱくても、甘い時点でローズティーはパス」

売り言葉に買い言葉で、そっけなく言い放ちながら顔をそむけるトォルを、エアは哀しげに見つめる。

「おまえとは、食い物に関しては、一生気が合いそうにないな」

「多分な」

トォルも即座に同意するけれども。

(俺だって、キスは、しょっぱいより、甘いほうが好きなんだぜ)

心の中で、ひそかに、トォルは告白する。

けれども、それをわざわざ口に出して、エアに教えてやる気にまではなれない。

代わりにトォルは、ぼそりと洩らした。

「エアの馬鹿《ばか》」

すると、エアは、上機嫌で心の広いシルフの名をたやすく返上して、眉根《まゆね》を寄せながらトォルをにらむ。

「馬鹿っていうやつが馬鹿だって、教わらなかったのか？」

そんなエアの言葉は無視して、トォルはティーカップをトレーに戻すと、シーツを強引にひっぱり、それを頭から被った。

エアに背中を向ける恰好《かっこう》で、ふたたびベッドにもぐりこみながら、トォルは、捨て台詞《ぜりふ》よろしく、シーツ越しにもごもご言い放つ。

「ローズティーの効きめとやらも、たいしたことねぇな」

(俺の馬鹿……)

トォルは息を殺して、ひそかに唇を咬《か》んだ。

(なんで、これくらいの口論《こうろん》で、やな雰囲気になるかな)

昨夜は、開いた窓から流れこんでくるスウィートでスパイシーな花の香りに誘われて、うっかり淫《みだ》らちっくな気分になってしまって、珍しく二人とも素直にいちゃいちゃしながら、抱きあって眠りについたというのに。

夜が明けて、柔らかなオーガンディーのカーテン越しに忍びこんでくる薔薇色の朝の光の中で、お茶を一、二杯飲んだだけなのに、もう、こんなありさまだ。

(台無しだ。なにもかも)

とろんとした幸福な朝のまどろみも、梅昆布茶の絶妙な味わいも。

そして、指をからめて眠ったエアの、体温高めな手のぬくもりの余韻《よいん》もみんな……。

やはり、出会ってすぐに感じたとおり、最悪の相性なのだろう。

（好きになんて、ならなきゃよかった）

エビのように身体をまるめて、シーツでこっそり涙をぬぐうトォルの肩を、エアがいきなり勢いよく揺さぶった。

「外はいい天気だってのに、まーだ寝る気か？　おまえは」

「誰のせいだと思ってんだよ」

トォルが言い返すのを最後まで聞かずに、エアもシーツの中にもぐりこんでくる。

「なぁ」

トォルの腰に腕をまわして、裸の上半身を背後からぎゅっと押しつけてきながら、エアは低い口説《くど》きモードでささやいた。

「散歩がてら、例の露天風呂にいかないか？」

「露天風呂？」

背中にすりよせられる熱っぽい胸板の感触にどぎまぎしながら、トォルは肩越しに、炎の風のシルフを振り向く。

「もしかして、あの『女神カクテル・ナンバー5』入りのか？」

「そう。そのピンクのふわもこ温泉」

内緒話《ないしょばなし》でもするみたいにトォルの耳に唇を近づけながら、エアはうなずいた。

「くすぐったいって」

トォルが目元を薔薇色に染めながらもがくと、エアは愉《たの》しそうにくすくすと笑う。

そんなエアに目をぱちぱちさせながら、トォルは一度は疑ったローズティーの効用に、あらためて感服せざるを得ない心境になる。

いつもなら、こういう場合、エアもツンと背中を向けて、そのまま二人で口もきかずにフテ寝のパターンなのに。

「な、行こうぜ」

トォルの肩に顎《あご》をのせて、エアはさらに甘えるようにねだってくる。

「今から？」

トォルが訊くと、エアは、にっこりと微笑《ほほえ》んでうなずく。

「そう。今すぐ」

「マジかよ？」

エアのまぶしい笑顔にうっかり見蕩《みと》れてしまいそうになり、トォルは、わざとうざったげな口調で言い返した。

なのに、エアはまったく気にする様子もなく、相変わらずご機嫌な顔で、トォルの耳に啄《つい》ばむようなキスを繰り返している。

「マジマジ。あの、ふわっとして、もこっとした肌ざわりは、癖《くせ》になるよな」

「そ、そうか？　てか、それ、やめろって」

耳にちゅっちゅされると、くすぐったいだけじゃなく、なんだかおかしな気分になってくる。

身体の奥から、ぞわぞわと甘い熱が這《は》いあがるみたいな……。

エアのキスから逃げるように首をすくめて、トォルは答える。

「別に、いいけど……」

一応了解はするものの、どこかしら釈然《しゃくぜん》としないまま、トォルはエアを見つめた。

ピンクのふわもこ温泉というのは、花の城の見事な薔薇園の奥にある岩風呂のことだ。

もともとは、ミントの繁《しげ》みに囲まれた、普通の温泉だったのだが。

ミッドサマーナイトの惚れ薬のせいで関係者全員『僕の嫁』状態になったジルのバッドステータスを治すための魔法薬の材料である月と金星のタリスマンを、ニィルとトォルがそれぞれ身につけたまま岩風呂に落っこちたせいで、そのふたつの呪文《じゅもん》がお湯の中に溶け出し、お湯に含まれる薔薇とミントのエッセンスと反応して、計《はか》らずも、妖《あや》しいピンクのふわもこ温泉が出来上がってしまったのである。

つまりその岩風呂自体が、真実の愛の目覚めを促《うなが》す魔法の特効薬《とっこうやく》『女神カクテル・ナンバー5』になってしまったというわけだ。

「あぁ、ピンクの綿菓子《わたがし》に包まれてるみたいなあの感触が、忘れられないぜ」

エアは、瞳を細めて、うっとりとつぶやく。

そして、綿菓子に顔をうずめるみたいに、突然ハムッとトォルの肩にかぶりついた。

「うわっ」

パジャマの上から思い切り歯を立てられて、トォルは声をあげる。

「この野郎！　俺を綿菓子と間違えやがったな？」

涙目でにらむと、エアは、ハッと顔を上げて謝った。

「あ、悪い。つい」

「ったく！　薔薇茶ですっきり目覚めたとか言ってるくせして、ほんとはまだ寝ぼけてるだろ」

身体ごと振り返って、トォルが問い詰めると、エアはびくりと身をすくめて、首を横に振る。

「そんなことは全然」

「怪しい」

トォルは、探るような上目遣《うわめづか》いで、エアを見上げた。

「そもそも、おまえ、あのピンクのふわもこに入ってるあいだ、ずっと不機嫌だったじゃねーかよ」

「え？　そうだったっけか？」

本気で忘れているのか、エアは、戸惑《とまど》うように首をかしげる。

「あぁ。苦虫《にがむし》でも噛《か》み潰《つぶ》したような、すごい顔してたぜ」

トォルが言うと、エアは、ようやく思い出したのか、悔《くや》しげに唇を咬んだ。

「あれは、フルールの奴が兄貴と共謀《きょうぼう》して、昔話なんて始めやがるから」

「そのせい？」

「だったと思うが」

自信なさげに首をかしげるエアを、トォルはにらむ。

「いや、違うな。ジルがニィルとべたべたしてたのが、気に入らなかったせいだろ？」

トォルが指摘すると、エアは、うっと息をのんで、一瞬押し黙った。

「……思い出させるなよ」

一気にどん底まで落ちこんだらしい低い声音でそう告げると、エアは先刻のトォルみたいにシーツをひっつかんで、背中を向けてしまう。

(やべぇ……)

さすがにトォルは、手加減なく核心を突きすぎたことを、反省する。

薔薇茶で機嫌のいいエアのおかげで、せっかくいい雰囲気に戻りかけていたのに。

だが、トォルとつきあっていながら、いまだに双子の兄のジルのことばかり気にしているエアに、そろそろ堪忍袋《かんにんぶくろ》の緒《お》が切れかけているのも、たしかだ。

とはいうものの。

（こいつのブラコン具合は、年季《ねんき》が入ってるからなぁ）

ずっと兄貴一筋だったエアの心中を思いやると、トォルはなんだか自分が、情け知らずの極悪人にでもなった気がしてくる。

拾ってきた迷子の仔犬《こいぬ》が、元の飼い主を想って鳴くのを、イライラして叱っているみたいな後味の悪さというか……。

エアも、最近ではちゃんとトォルを優先しようと、努力してくれているように思えるだけになおさら。

でも、なんとなく無理をしてもらっている感が、余計に自分のみじめさを増幅させて、ときおり、無性に腹が立ってくるのだ。

わざとではないにしろ、トォルにそんなふうに感じさせるエアと、そこに存在するだけでエアの絶対的な愛と執着《しゅうちゃく》を欲しいままにしているジルに。

そして、勝手なジェラシーで、もやもやとした黒い霧を渦巻《うずま》かせてしまう情けない自分自身に。

「ごめん。言いすぎた」

トォルは、エアの背中に、コツンと額《ひたい》をぶつけながら謝る。

「元気出せよ。おまえには俺がいるだろ？」

ささやくと、エアが、びくりと身をすくめた。

だが、それだけではまだ、エアを振り向かせるには至《いた》らないらしい。

「そりゃあ、ま、俺じゃ、ジルの代わりにゃなれないのは、よくわかってるけどさ」

仕方なくそう続けると、エアは、いきなりシーツを跳ねのけ、トォルの上にのしかかってきた。

「当然だ！」

「あ、ごめん。俺なんかとジルを比べたら、腹立つよな」

「そういう意味じゃない」

ふいにエアは、激昂《げきこう》していた自分を恥じるように語気を弱くしながら、トォルを腕の中に包みこんだ。

「おまえは、兄貴の代わりなんかじゃないって意味だ」

「あ……」

唇に、ちょっぴりしつこいキスをされて、トォルは息を乱しながら、エアの潤《うる》んだ夜明けの色の瞳を見上げた。

「何度言ったら、わかるんだ？　俺は、おまえが好きなんだって」

甘い声音で告白するエアに、トォルは照れくさそうに言い返す。

「何度でも言えよ。俺もおまえも、記憶力悪いんだからさ」

「だな」

エアは、笑ってうなずくと、起き上がろうとするトォルの腕をつかんで引きとめた。

「なんだよ？　朝風呂に行くんじゃなかったのか？」

「もう少し経《た》ってからにする」

「なんで？」

トォルが訊くと、エアは両腕を枕にしてベッドに仰向《あおむ》けになりながら、窓のほうへちらりと目をやって答えた。

「ジルも、同じこと考えてそうだからな。……双子だし」

「なるほど」

岩風呂でジルたちと鉢合《はちあ》わせして、また目の前で仲良くされて、ご機嫌斜めになられても困る。

「じゃ、あいつらの行きそうにないとこで、散歩でもするか？」

「あぁ」

トォルの提案に、エアは同意するが、寝転んだまま起き上がろうとしない。

「起きないんなら、おいてくぜ」

エアを見捨てて、一人でベッドから、すべり降りようとしたトォルだったが。

「なっ？」

強引にエアの腕の中に引き戻され、大きく瞳を見開いた。

「なにするんだよ？」

「散歩するんだろ？」

しゃあしゃあと訊き返すエアを、トォルは、怪訝《けげん》な顔で見やる。

「そのつもりだが。おまえこそ、どういう……」

「ここでしようぜ。ベッドの上で」

「はぁぁ？」

呆《あき》れたようににらむトォルを引き寄せ、耳元にキスしながら、エアはささやく。

「めくるめく夢の恋路《こいじ》を、二人きりでさ……」

「やっぱり、おまえ、まだ寝ぼけてるな！」

耳まで真っ赤になると、トォルは、自堕落《じだらく》で不埒《ふらち》な炎の風のシルフに、ふかふかの羽根枕を叩《たた》きつけていた。

「ミントフレーズさん、起きてるかな？」

蔓薔薇《つるばら》のアーチをくぐり抜けて、ミントフレーズが使っている離れの客用寝室のテラスへ向かったヴァルは、薔薇色のカーテンが揺れる部屋の奥に誰もいないのに気づいた。

鍵《かぎ》のかかっていないテラスのガラス扉から、室内へ入ったヴァルは、アンティークなゴールドの三つ足で支えられた薔薇模様のある陶器の丸テーブルの上に、朝食のバスケットを置く。

そのとき、どこからか、雨音によく似た響きが聞こえてきた。

「シャワー？」

おそらく、ミントフレーズが、浴室でシャワーでも浴びているのだろう。

ちょっと前までは、ベッドから降りるのがやっとだったミントフレーズだが、一昨日から、少しだけなら薔薇園の散歩もできるまでに回復してきていた。

「ちぇー」

ヴァルは、がっかりして、テーブルとそろいの椅子《いす》に、腰をおろす。

ミントフレーズの顔が早く見たくて、食堂から走ってきたのに。

「仕方ない。ここで待ってよう」

そうつぶやいて、つるつるした陶器のテーブル面に頬杖《ほおづえ》をつくけれども、どうにも落ち着かない。

ほんの一分弱そわそわした程度で堪《こら》えきれなくなったヴァルは、すくっと立ち上がった。

「途中で気分でも悪くなって、倒れてたりしたらまずいから、ちょっと見てこよう」

誰にともなく言い訳して、ヴァルは、シャワーの音がするほうへ進んでゆく。

音が一段と大きく聞こえる若草色のドアの前で立ち止まったヴァルは、『私を握《にぎ》って』と誘っているゴールドのドアハンドルに、戸惑うように手を伸ばした。

意を決して、用心深くハンドルをまわすと、湯気《ゆげ》で曇《くも》ったシャワーブースに映るすらりとした人影が見える。

途端《とたん》、ヴァルは、勢いよく火の粉を撒《ま》き散らしてしまっていた。

「あちちちちっ」

わたわたと火の粉をはらいのけるヴァルに気づいたのか、ふいにシャワーの音がとまる。

そして、シャワーブースから、ミントフレーズが顔だけ出して訊いた。

「ヴァル？」

「あ、俺、朝ご飯、一緒に食べようと思って。そしたら、水音が聞こえたから」

だが、覗いていたのをごまかすための、わざとらしい言い訳に聞こえて、ヴァルは真っ赤になる。

けれども、ミントフレーズは優しく微笑《ほほえ》むと、胸から腰のあたりにタオルを巻きつけた身体を半分ほど覗かせながら、ヴァルに言った。

「もうあがるところだから、待っててくれる?」

「あ、はい」

ヴァルは大きくうなずくと、ふたたび火の粉を散らす前に、ドアを閉じる。

そして、閉じたドアに背中を凭《もた》れかけさせながら、大きく吐息をついた。

(見ちゃった。ミントフレーズさんの裸……)

とはいっても、まずい部分はちゃんとガードされていて、肩とか腕とか、膝上の絶対領域とかだが。

それだけでも、ヴァルが毎晩夢で鼻血を噴《ふ》くのには充分なほどだ。

(色っぽすぎるっ)

ミントフレーズは男だし、恋人もいないと聞いているのに、どこか人妻っぽいその色香にあてられて、ヴァルは貧血《ひんけつ》を起こしそうになる。

だが、いつまでもドアに凭れかかっているわけにもいかない。

すでにシャワーの音もやんでいるし、ミントフレーズはほどなく出てくるだろう。

どきどきと激しく騒ぐ左胸をおさえて、ようやくドアから離れたヴァルは、よろめきながら廊下《ろうか》をミントフレーズの部屋まで戻って、倒れるように椅子に腰かけた。

(それにしても、刺激強すぎ)

冷たい陶器のテーブルに頰《ほお》を押し当てて、熱をさます。

（ミントの精って、どうしてあんなに色っぽいんだろう？）

ミントフレーズの従兄弟のミントショコラも、清楚《せいそ》な中に妙な色香《いろか》を放っている。

（ほんとにいないのかな？　恋人……）

それが、一番気になるところだ。

できれば、立候補したい。

そう。恋してるとはいっても、哀《かな》しいかな、しょせん片恋《かたこい》。

相思相愛《そうしそうあい》じゃなければ、本当の恋はできない。

（恋人になりたいな。ミントフレーズさんと）

ヴァルが心の中でそうつぶやいた瞬間、かたりとドアの開く音がした。

「ミントフレーズさん！」

「お待たせ」

ハッと顔をあげるヴァルに、ミントフレーズは、小さく笑いかける。

そして、つけ加えるように言った。

「フレーズでいいよ。お友達は、みんなそう呼ぶから」

「はい、じゃあ」

愛称で呼ぶことを許してもらえたのは嬉しいが、『お友達』の一言が、ヴァルにため息を零《こぼ》させる。

「待たせちゃったから、怒ってるの？」

ため息に気づいたミントフレーズが、哀しげにつぶやくのを聞いて、ヴァルはあわてて首を横に振った。

「あ、ちがっ。走ってきたから、おなかすいちゃって。ほら、これっ」

キッチンクロスを剝《は》ぎ取って、ヴァルが運んできたパンやフルーツを元気よく披露《ひろう》すると、ミントフレーズは、安堵《あんど》したようにほんわりと微笑んで言った。

「おいしそう。すぐにお茶いれるね」

「あ、それなら俺が。ミントフレーズさん……じゃなくて、フレーズは病《や》みあがりだし」

「大丈夫。ヴァルのおかげで、もうすっかりよくなったから」

ミントフレーズの言葉を聞いて、ヴァルは思わず目頭が熱くなる。

「そう言ってもらえると、すごく嬉しい」

「ありがとう、ヴァル。きみのような優しくてかわいい子に看病してもらえて、僕はすごくラッキーだったな」

「ほ、ほんとに？」

目の前のミントフレーズが自分の妄想《もうそう》なんじゃないかと、急に心配になって、ヴァルはとっさに訊き返した。

「本当だよ」

ヴァルに歩み寄って身をかがめると、優しくハグしながら、ミントフレーズは甘い声でささやいた。

「とても感謝してる。心から……」

湯上りで火照《ほて》ったミントフレーズの全身から、爽やかないちごミントの香りが漂《ただよ》っている。

そのおかげで、幻じゃなく、本物のミントフレーズなのが、ヴァルにもわかる。

うっとりと目を閉じて、その魅惑《みわく》の香りを満喫《まんきつ》するヴァルに、ミントフレーズは言った。

「僕がとっておきのいちごミントティーをいれるあいだに、お皿出しててくれる？」

ヴァルがうなずくと、ミントフレーズの甘い香りが、ふわりと揺れた。

「食事がすんだら、北の浜辺までお散歩に行きたいんだけど……。ヴァル、つきあってくれる？」

「もちろん。行く行くっ」

当然ながら、ヴァルは、即座《そくざ》にＯＫする。

「よかった。ここに来る途中に馬車の上から見て、とても綺麗だったから、熱を出して寝こんでるあいだ、あの浜辺を歩いてみたいと、ずっと思ってたんだよね」

「あそこ、不思議な形の貝殻《かいがら》とかいっぱいあるよ」

「そうなんだ？　ますます楽しみになってきちゃったな」

顔色がよいせいか、ミントフレーズの色香も、パワーアップしているように思える。

「ここにいるあいだに、集めたいな、貝殻。だって、花の国には、海がないんだもん」

「ふぅん。でも、まだ無理しちゃだめだから、少しずつな」

「了解」

ミントフレーズがご機嫌な鼻唄《はなうた》まじりにお茶をいれるのを横目で見ながら、ヴァルは、テーブルにお皿を並べる。

（なんだか、新婚さんみたいだな）

ミントフレーズと二人っきりの、こんな甘美な時間が、いつまでも続けばいいのに。

ヴァルが心の底から、そう願った瞬間……。

がさりと、テラスの外で薔薇の繁《しげ》みをかきわける音が聞こえた。

「……？」

ガラス越しに外を見やったヴァルは、声にならない悲鳴をあげる。

薔薇の園《その》に迷いこんだらしいその男は、顎《あご》が抜けそうなほど大きく口を開いたまま固っているヴァルを見るなり、足早に近づいてきた。

「ヴァル？」

テーブルにティーセットを置いて、顔をあげたミントフレーズは、ヴァルの様子がおかしいのに気づき、怪訝そうに首をかしげる。

そして、ヴァルの視線をたどるようにテラスのほうを向いたミントフレーズは、招かれざる客を見つけ、大きくまばたきをした。

「あなたは？」

見えない糸に操られるように、ガラスの扉を押し開けてテラスに出たミントフレーズは、鎖《くさり》つきの首輪をはめて、火の鳥のような衣装を身にまとった赤毛の男を見つめた。

すると、相手は、黄金のベルトで背中に背負っていた矢のような形のエレキギターを、ぐるりと胸元にまわすと、突然激しくそれを掻《か》き鳴らしながら歌い出した。

「異国の庭に咲く、かぐわしきミントの姫君よ。おまえのハートを暴いてやるぜ！　いまだ知るや、その胸の熱き炎。あぁ、身も心も焼き尽くすおまえの運命の恋人は、今まさに目の前に」

最後にひときわ激しく、かつ切なげに弦《げん》を震《ふる》わせると、男はふたたびギターを背中に戻し、ミントフレーズの前に片膝《かたひざ》をついた。

そして、ミントフレーズの手を力強く引き寄せ、許しも請《こ》わず、その指先に唇を押し当てる。

「あっ」

うろたえるミントフレーズの前に、すっくと立ち上がると、男は、燃える黒炭《こくたん》のような瞳で覗きこみながら、自らの名を名乗った。

「俺は、火の精のヴォルケーノ。そこで石化しているヴァルの兄だ」

「ヴォルケーノ？」

「あぁ。しばらく放浪《ほうろう》の旅に出ていたが、ここの学生だ。薔薇園に見慣れぬ館ができていると思って覗いてみれば……。麗《うるわ》しきミントの精、おまえの名は？」

「ミントフレーズ。僕は学生じゃありません。花の国の御者です」

「なるほど。かわいい名だ。ところで、いちごちゃん。おまえがここにいる詳しい事情は、あらためてゆっくり聞くとして、ひとつだけ先に言いたいことがある。いいか？」

「え？　えぇ」

勢いに押されて、ミントフレーズはうなずく。

すると、ヴォルケーノは、ミントフレーズの顎を引き寄せ、いちごのように紅い唇を奪いながらささやいた。

「おまえはもう、俺に惚《ほ》れている」

TERM★2 おまえのハートを暴いてやるぜ★

ヴォルケーノがミントフレーズにキスするのを見て、ヴァルはようやく我《われ》に返る。

「兄ちゃん！」

叫んで、ヴァルがテラスに駆《か》け出るよりも早く、パシンと音がして、ミントフレーズがヴォルケーノの頬《ほお》に強烈な平手打ちを食らわせるのが見えた。

「あ……」

優しいミントフレーズの思いも寄らない過激な行動に、ヴァルは、テラスのドアに手をかけたまま、呆然《ぼうぜん》と立ち尽くす。

そして、ヴォルケーノも、また……。

ひっぱたかれたばかりの頬に手をやりながら、驚いたようにミントフレーズを見上げていた。

「おとなしそうな顔をして、やってくれるじゃねーか」

少しの沈黙のあと、ヴォルケーノが吐息《といき》まじりにつぶやくのを聞いて、ミントフレーズは、ハッとしたように自分の手を見つめる。

それから、なにを思ったのか、ミントフレーズは、ゆらりとヴォルケーノの胸元に歩み寄った。

「なんだ？」

警戒《けいかい》するように眉根を寄せるヴォルケーノの手首をつかんで、唐突《とうとつ》にひっぱる。

そうやってヴォルケーノの頬から手をどけさせると、ミントフレーズは、申し訳なさそうに尋《たず》ねた。

「痛かった？」

「いや。……まぁ、わりと」

ミントフレーズの真意を測《はか》りかねて、ヴォルケーノは歯切れの悪い応対をする。

「ごめんね。いきなりあんなことするから、びっくりしちゃって」

ミントフレーズは謝ると、背伸びをして、ヴォルケーノの頬に自分がつけた薔薇《ばら》色の指のあとに、そっと唇を寄せた。

「嘘だよな？」

ヴァルは、たった今目の前で起こったことが、にわかには信じられずに、手の甲で何度も目をこする。

それでもどうにか気を取り直して、二人のほうへ視線を戻したヴァルは、さらにショッキングな光景を目撃して、腰を抜かしてしまった。

そう。ヴォルケーノがふたたびミントフレーズの唇を奪う瞬間を。

それだけじゃなく……。

荒々しく激しいキスに、ミントフレーズはあらがうどころか、それに応《こた》えるように自らヴォルケーノの首に、情熱的に腕を絡《から》めたのだった。

「ひどいよっ」

泣きじゃくるヴァルの頬に、ひんやりとした指先が触れる。

甘いいちごミントの香りがふわりと揺れて、ヴァルは涙ににじむ瞳を上げた。

「なにが、ひどいの？」

ミントフレーズの、戸惑《とまど》うような声が、頭上から降ってくる。

「だって、フレーズ、ヴォルケーノ兄ちゃんとあんなこと……」

とろけそうないちご色の瞳から目をそむけて、ヴァルは恨《うら》めしげにつぶやいた。

「いやだった？」

ミントフレーズの問いに、ヴァルは瞳を伏せたまま、こくんとうなずく。

「フレーズとなら、俺がキスしたかったのに」

思わず本音を洩《も》らすと、ミントフレーズは小さく吐息を零《こぼ》して、甘い香りのする指先でヴァルの涙を優しくぬぐいながら言った。

「そんなことで、泣かなくても」

(『そんなこと』なんかじゃない！)

とっさにそう言い返そうとして顔をあげたヴァルの頬を、ミントフレーズが両手で包みこむ。

「フレーズ？」

ミントフレーズは、これまでヴァルが見たこともない妖艶《ようえん》な笑みを、紅く濡《ぬ》れた口元に浮かべると、甘ったるく声をかすれさせてささやいた。

「キスくらい、いくらでも」

「あっ」

ミントフレーズの両手にとらえられた頬を、優しく引き寄せられる。

ヴァルがとっさに腕を上げて、ミントフレーズの首に抱きついた次の瞬間、甘くて柔らかな唇が、ヴァルの唇に重なっていた。

(俺、今、フレーズとキスしてる？)

そう思った途端《とたん》、ヴァルの心臓は、爆発しそうな勢いで、ばくばくと暴れ始める。

こんな幸せなことが、本当にあっていいのだろうか？

(夢みたいだ。ううっ。でも、気持ちよすぎて、火、噴きそう！)

必死にこらえようとするけれど……。

（あ、熱いっ。燃えるっ）

身体の奥底から湧《わ》きあがる熱は、風船みたいにどんどんふくらんで、今にも爆発しそうな危険な状態だ。

（だめだっ。も、我慢できないっ）

体内ヒートゲージの針が、一気に目盛りの限界を超えるのがわかる。

このままでは、フレーズまで燃やしてしまう。

どうにか熱暴走をくいとめようと、必死にあがくけれども。

努力の甲斐《かい》もなく、ヴァルの身体は、勢いよく火の粉を振りまきながら、激しく燃え上がっていた。

「うわぁっ、フレーズっ！」

ヴァルが泣き叫んだそのとき……。

ばしゃりと音がして、頭の上から水が降ってきた。

そのおかげで、ヴァルを包んでいた炎も、シュウウ……と音を立てながら、急速に消えていく。

びしょ濡れになりながら顔をあげたヴァルは、空《から》のバケツを手に、テラスに立っているミントフレーズを見つけた。

（あれ？　どうして？）

ミントフレーズは、たった今までここにいて、自分とキスしていたはずなのに。

「フレーズ！　無事だったんだ？」

ヴァルが訊くと、ミントフレーズは、困惑《こんわく》げに瞳を揺らした。

「僕は大丈夫だよ。でも……」

ミントフレーズの視線を追って、ヴァルは、かたわらに目をやる。

そこに、自分同様、頭から水を滴らせているヴォルケーノの姿を見出し、ヴァルは、コキッと音がするほど大きく首をかしげた。

「兄ちゃん、どうして？」

「どうしても、なにも」

ヴォルケーノは、濡れた前髪をうっとうしげに掻きあげながら、斜めにヴァルをにらむ。

「おまえが急に煙をあげて、ばったりのびちまったから、介抱《かいほう》してやろうと覗《のぞ》きこんだら、いきなり俺にキスしてきやがって」

「えっ？　えっ？」

「おまけに、炎上。ま、俺は全然かまわないが、あいつがバケツの水ぶっかけてくれなかったら、お綺麗《きれい》なテラスの床が黒焦《くろこ》げになっちまってたかもな」

自分の認識とまったく違うヴォルケーノの説明を聞いて、うろたえたヴァルは、救いを求めるようにミントフレーズを見やる。

ミントフレーズならきっと、ヴォルケーノの話が嘘だと、教えてくれるに違いない。

けれども、ヴァルは、ミントフレーズが防火用のバケツをかたわらに置くのを見て、自分のほうが間違っていることに、うっすらと気づいてしまった。

「そんな……」

がっくりとうなだれた瞬間、ヴォルケーノの言葉が、頭の中でこだまする。

『いきなり俺にキスしてきやがって』

「うわぁぁっ、俺、兄ちゃんとキスをっ？」

「自分からやっておいて、今更《いまさら》なにを騒いでるんだ？　この火の玉小僧《こぞう》は」

「だって、ファーストキスだったんだよぉっ」

一生にたった一度の初めてのキスを、大好きなミントフレーズに捧《ささ》げることができて、この上もない幸せだと思っていたのに。

それが実は間違いで、大切なキスを、よりによって、兄のヴォルケーノに捧げてしまったなんて……。

ぶわっと涙があふれてきて、ヴァルは水浸しの床に座りこんだまま、片腕で目元を覆《おお》った。

そんなヴァルを横目に、ヴォルケーノは立ち上がると、弟の頭をてのひらで乱暴に揺すりながら言った。

「安心しろ。おまえのファーストキスなら、俺がとっくの昔にいただいてる」

「え？」

ヴァルが泣くのを中断して顔をあげると、ヴォルケーノは肩をすくめて、そっけなくつけ加えた。

「おまえが赤ん坊の頃にな」

「嘘ぉー！」

暴れるヴァルは無視して、ヴォルケーノは、首にはめている鎖つきの革《かわ》のチョーカーを指で軽くひっぱる。

すると、紅蓮《ぐれん》の炎がヴォルケーノを一瞬だけ包みこんだ。

「うわ、あちち」

すぐそばにいたヴァルも、ヴォルケーノの炎に炙《あぶ》られて、声をあげる。

「生乾《なまがわ》きだが、仕方ない。全開にすると、薔薇園まるごと燃やしちまいそうだしな」

そうつぶやきながら、ヴォルケーノはミントフレーズに歩み寄ると、若草色のその髪をひと房《ふさ》、指ですくいあげた。

「そのくらい、俺のハートは熱く燃えてるってことさ。愛しのいちごミント」

真っ赤になるミントフレーズの髪に、軽くくちづけると、ヴォルケーノは、顎《あご》でヴァルを指し示しながら言った。

「水もしたたるイイ男は性に合わないんで、出直してくる。あいつも一緒にな」

「あの……」

ギターを前にかかえ直し、まだちゃんと腰の立っていないヴァルを背負おうと床にひざまずくヴォルケーノに、ミントフレーズは駆け寄る。

「うん？」

「思いっきり水かけちゃったけど、ギター大丈夫だったか気になって」

「あぁ。こいつは、俺並みにタフだから、平気だ。……心配してくれて、ありがとな」

その瞬間、ヴォルケーノの胸元で、ギターが、ぎゅーんとわななく。

「こいつも惚《ほ》れてるってさ、いちごちゃんに」

ヴォルケーノは笑うと、ヴァルをおぶって立ち上がった。

「じゃあな」

「あ……」

ミントフレーズは、ヴォルケーノの上着の裾《すそ》を指でつかんで、うつむきながら誘う。

「モーニングティー、用意して待ってます」

「あぁ。リクエストは、ミントフレーズティーで」

ヴォルケーノは答えると、素早くミントフレーズにキスをする。

そんな兄の背中に顔をうずめて、ヴァルは、こみあげる涙をひそかにぬぐった。

フェアラルカでヴァルが涙をぬぐっているのと、ちょうど同じ頃……。花の城の美しい庭園の奥にある秘密の岩風呂の中でも、ひそかに涙をぬぐっているノームの王子が約一名。

「おい、なにめそめそしてるんだ？」

甘い香りのするピンクのふわもこの中で膝をかかえているトォルに、ピンク色の長い髪が濡れないようにひとつにまとめて結《ゆ》わえあげているエアが肩をぶつけてくる。

「別に、めそめそなんかしてねーし」

綿菓子《わたがし》のような泡の中に顔半分埋《う》まりながら、トォルはプイと顔をそむけた。

「嘘つけ。目、赤くなってるぜ」

「なってないっ」

トォルがいきなり腕を振り上げたせいで、ふぁさっと弾《はじ》け飛ぶピンクのふわもこを、エアは真正面から浴びてしまう。

「この野郎っ！」

「なんだよ」

肩をつかまれて、強引に振り向かされたトォルは、エアの頭を見て、思わず噴き出してしまった。

「ピンクのうさぎちゃん」

夕焼けの色の髪と瞳のせいで、ただでさえピンクまみれなのに、エアの両耳のあたりには、ふわもこの泡がふにゃっと垂《た》れたうさみみ状にのっかっている。

「誰がうさぎちゃんだ」

「俺の目の前にいる、泣き虫シルフ」

「はぁ？　俺のどこが泣き虫なんだよ？」

眉をひそめて怒るけれども、かわいいピンクの耳が、ふわふわしていては、まったく迫力などない。

ちょっと前まで泣きたい気分だったのも忘れて、トォルは、ぷくくっと笑う。

「もう許せねぇ。俺のなにがおかしいんだ？」

トォルにつかみかかろうとするエアの手首を握って止めたのは、弟とは色違いのミントブルーの長い髪を色っぽく結わえあげた超絶美形のシルフの王子、氷の風のジルだった。

「おかしいんじゃなくて、かわいいんだよ。僕のプティ・ラパン（仔うさぎ）」

甘ったるい声で、双子の弟のエアにささやきながら、ジルはにっこりと微笑《ほほえ》む。

双子だから同じことを考えてしまうはずだと、用心して時間をずらし、岩風呂にやってきたエアとトォルだったが……。

運悪くというか、案《あん》の定《じょう》というか、同じように時間をずらしてやってきたジルとニィルと、見事に鉢合《はちあ》わせしてしまったのだった。

「そうそう、それ。プティ・ラパン」

ジルの言葉を復唱《ふくしょう》すると、トォルは、かわいいうさぎちゃん状態のエアを眺めながら、納得とばかりにうなずいた。

「わけ、わかんね」

水面がふわもこなせいで、自分の姿を映して見ることのできないエアは、怪訝《けげん》な面持ちでつぶやく。

「兄貴もいい加減、俺を仔うさぎ扱いするの、やめろよ。もうガキじゃないんだから」

そう釘《くぎ》を刺して、自分の顔をうっとりと覗きこんでいる兄のミントキャンディのような瞳から、エアは照れくさそうに顔をそらした。

「ほんと、仲良し兄弟だね」

ピンクの泡を掻き分けながら近づいてきたニィルが、にこやかにからかう。

「妬《や》けちゃうな。思わず、仲を引き裂く魔法をかけてあげたくなるくらい。もちろん冗談だけど」

かわいい顔でさらりと怖ろしいことを言う従兄弟《いとこ》に、トォルは泣きを入れながら、抱きついた。

「ニィルぅ。目が笑ってないって」

「え？　そんなことないよ。真実の愛に導くこのピンクのふわもこ温泉のおかげで、黒々とした不安や嫉妬《しっと》も綺麗さっぱり消えて、気分もすっきりさわやかだし」

「ほんとか？」

たしかに、この女神カクテルが調合されたばかりの頃は、じんわり染み入ってくる癒《いや》しパワーで、『俺たちの愛は不滅だ！』なんて気分にもなっていたけれど。

今では単に、ちょっぴり物珍《ものめずら》しいバブル仕立ての温泉という位置づけだ。

普通に気持ちいいので、充分に花の城の新名物になり得るとは思うが、女神カクテル・ナンバー5の本来のパワーは、だいぶ薄まりつつあるような気がする。

だが、ニィルは、温泉の効き目に、今でも充分に満足しているように見える。

それというのも、この花の国にやってきたばかりの頃は、弟のエアだけではなく、トォルやハートミア、そしてフルールとミントショコラまでも口説《くど》きまくっていたジルが、すっかり落ち着きを見せているからだった。

元々ドンファンなところのある、誰にでも優しくて気のいい氷の風の王子は、女神カクテルで我に返ったあとは、ほとんどニィルのみに、その甘い言葉を捧げていた。

そのせいでジルに放置され気味のエアが、ここで鉢合わせたおかげでまたジルとニィルに仲のいいところを見せつけられ、しょんぼりしやしないか、ひそかにトォルは、ひやひやしていたのだが。

裸できゃっきゃとじゃれている二人を見て、先にどんより落ちこんだのは、エアではなく、意外にもトォルのほうだった。

大事な従兄弟の身体に、ちょっと危険なマーキングの跡を、いくつか見つけてしまったからだ。

（ニィル……、とうとうジルにおいしくいただかれちゃったのかよ）

フェアラルカに入学するまでは、必ずいつかニィルを自分の女房にと思っていただけに、泣きたくなってもしょうがない事態だと思う。

むろん自分自身も、初対面から互いに激しく感じ悪い印象をいだきあったエアと、なんの因果か、両想いになってしまったわけだが。

それは、この際、背が届かないほど高い棚の上にあげておくことにして。

「ニィル、ちょっと話が」

耳元にひそひそとささやきかけながら、トォルは、ピンクの泡にまみれたニィルの腕をつかむ。

「あ、うん。そういえば、ここ数日、トォルとじっくり、話、してないよね」

「だな。一緒に遊ぼうと思っても、ニィル、すぐジルとどっかに消えちまうから」

トォルが、ため息まじりににらむと、ニィルは、えへっと笑って肩をすくめた。

「お花の国の甘いムードのおかげで、なんだかまわりが見えなくなっちゃって。つきあい悪くて、ごめんね、トォル」

「や、別にいいんだけどさ」

本当は全然よくなかったのだが。

素直に謝られると、それ以上責めることもできずに、トォルはニィルの手を引いて、広い岩風呂の外れに移動する。

エアがこちらを気にするようにちらりと目をやるのに気づいたが、トォルはあえて知らんぷりをして、岩風呂の中にある、腰かけるのにちょうどいい長石の上に、ニィルと並んで腰をおろした。

「あのさ。ジルとどこまで」

「うん。お城の外にね、綺麗な湖があって。そこがお気に入りで、ジルと毎日かよいつめちゃった。昨日は、対岸をミアちゃんがルゲイエ先生と腕を組んで歩いてたよ。夜も灯火《とうか》草《そう》のお花でライトアップされて綺麗なんだ。今夜、一緒に行ってみる？」

「え？　うん」

違う意味で訊《き》いたのに。

肩すかしを食わされて、小さく吐息を洩《も》らすトォルを、ニィルが覗きこんでくる。

「なに？」

中身が程よくブラックなのは承知の上だが、見た目はノーム王国一かわいい天使のような笑顔で、愛くるしく尋ねられると、ニィルがわざと肝心《かんじん》なことをはぐらしているんじゃないかと疑っている自分のほうが、汚れまくっているような気になる。

「いや、いい」

首を横に振ると、ニィルがぐいと身を乗り出して、トォルに訊いた。

「エアと、どこまでいったの？」

「あ。えーっと」

夢の恋路……なんて恥ずかしいことを言えるわけもなく、トォルは懸命《けんめい》に記憶を探る。

(そういや、俺たち、どこにも行ってねーな)

毎日ベッドでごろごろしたり、ちょっと城の中を探検したり、庭を散歩する程度で、数日が経ってしまっていた。

「あぁ、ミントの薬草研究室、覗きに行ったな」

「僕も行ったよ。いろいろ実験させてもらったりして」

「マジかよ？　やばい薬、作ったりしてないだろうな？」

トォルがあわてて訊き返すと、ニィルは、かわいく首をすくめて答えた。

「作らないわけ、ないじゃない。フルールと競い合って、いっぱい作ったよ。いいおみやげができたなぁ」

「おみやげって！　誰にだよっ？」

トォルは、本気で心配になる。

そんな怪しい薬をみやげにもらう相手が不憫《ふびん》だ。

「ヴァルとか」

「火の粉飛ばさずにすむ薬とか？」

トォルの問いに、ニィルは、意外そうに目をぱちぱちさせる。

「まさか。そんな普通に役に立つ薬じゃ、つまんないよ」

「いや、そんなことないと思うけど。てか、役に立つ薬のほうが、絶対喜ばれるって」

「そう？　あ、でも、まったく役に立たないわけでもないよ」

ふふっと笑うニィルに、トォルはびくびくと訊いた。

「いったいどんな薬だよ」

「ひみつ」

ニィルは言うと、ココア色の瞳をふいにきらりと光らせて、お湯の中でトォルの手を、ぎゅっと握る。

「うっかりごまかされるところだったけど」

「な、なんだよ？」

「エアともう、大人の階段のぼっちゃった？」

ニィルに訊きたかったことを、逆に問い詰められて、トォルは座っている石の上から、ずるりとすべり落ちそうになった。

「あわわわわ」

ぶくぶくと泡の中に沈みかけるトォルを、ニィルが呆《あき》れたようにひっぱりあげる。

「身体を張って、ごまかす気？」

「ち、ちげーよ！」

はぁはぁと新鮮な酸素を吸いながら、顔を真っ赤にして、トォルは怒鳴《どな》った。

「僕？」

「そういう、おまえはどうなんだよ？」

ニィルは耳まで薔薇色に染めてうつむくと、両手の指先でもじもじとハートのマークを作る。

「僕のことは、どうだっていいよ」

「よくない！　相手は、あのタラシ王子のジルだ。もしかして、故郷《くに》のじぃちゃんやばぁちゃんに知れたらまずいこと、やっちまったんじゃねーだろうな？」

「したって思う？」

訊き返されて、トォルは「うっ」と唸《うな》った。

「わかんないから、訊いてるんだろっ。けど、その花びらみたいな跡……」

横目でちらっと、ニィルの胸元にある薔薇色の痕跡《こんせき》を盗み見ながら、トォルは言葉を途切れさせる。

「これ、湖で虫にさされて」

言い訳するニィルに、トォルは怒ったように言った。

「でかい虫なんだろ？　水色の髪できらきらの」

「まぁね」

ニィルは認めると、照れくさそうに睫毛《まつげ》を震わせ、小さな声で告《つ》げた。

「ジルが、ふざけて吸いついてきたから」

「あの野郎っ！　俺のニィルにっ」

ざばざばぁっと音をあげて立ち上がるトォルの手を、ニィルは、そっとひっぱる。

「僕はもう、トォルだけのニィルじゃないよ」

「ニィル……」

がっくりとうなだれるトォルを見上げながら、ニィルはささやいた。

「トォルだって、そうだよね？　もう、僕だけのトォルじゃない」

「そうだけど」

たしかに、自分にはエアがいる。

けど、だからといって、ニィルがジルのものになってしまうのを、心の底から喜べない。

いつも、ジルへ対するエアの独占欲の強さに、呆れているくせに。

「トォルは、エアと、もっと深く繋《つな》がりあいたいって、思ったことないの？」

「俺は……」

ふざけて、膝をからめあったり、肌に顔を押しつけあって、ぬくもりを感じたり、心臓の音を聴いたりすることはあっても、ここまでならまだ、ちょっとした友人関係の延長ですませられるというところで、うまく逃げていた気がする。

身も心もすべて許して溶けあってしまったあとに、もしも恋をなくしたら、自分がからっぽになってしまいそうで、怖くて。

「まだまだだな、俺」

トォルがつぶやくと、ニィルもうなずく。

「僕も、まだまだだよ。ジルが欲しがるなら、なんでもあげられると思ってるのに、怖くなって逃げちゃうし」

「ニィル？」

「いいよね、少しずつでも……。ゆっくりと階段をのぼっていければ」

そう言うと、目元をこすりながら、ニィルが顔をあげる。

「まだ、恋に関しては、初心者だし」

「だな。あせることはないよな？　自然に、なるようになるって思う。エアのことは好きだけど、俺はまだおまえのことも大好きだぜ」

「僕も。ジルに恋してるけど、トォルのことは一生大好きだよ」

「ニィル……」

赤ん坊の頃から大好きな従兄弟に、久しぶりに抱きついて、トォルの胸は、幸せに充《み》たされる。

エアに抱きついたときとは違うぬくもりが、身体中を包んで、このまま時間がとまってしまえばいいとさえ思ってしまう。

そのとき、甘いミントの香りが、ふわりと漂ってきた。

それに重なるように、薔薇の香りが揺れる。

ニィルに抱きついたまま、トォルが目を開くと、ミントの繁《しげ》みを掻き分けて、フルールとミントショコラが現われるのが見えた。

「朝食を運んできてやったぞ」

優雅な王子様ルックのフルールが指を鳴らすと、色とりどりの花の精の従者《じゅうしゃ》たちが、かしこまりながら、プールサイドならぬ岩風呂サイドの、ピンクとブラックの薔薇輝石《ロードナイト》の上に、ピクニック用のテーブルをセッティングしてゆく。

純白のクロスをテーブルにかけ、その上にティーセットと、いろんな種類のサンドイッチや焼き立てのパンがのせられた銀の盆《ぼん》を三段重ねのタワーにしたものを置くと、従者たちは静かに去っていった。

入れ替わりに、ルゲイエとハートミアがやってきて、バスローブを羽織《はお》ったトォルたちに合流する。

「たまには、アウトドアで朝食もいいね」

指先で口元を押さえて、あふっとあくびをかみ殺しながら言うハートミアに、ニィルが声をかけた。

「相変わらず眠そうだね、ミアちゃん」

「あぁ、ごめん。花の国に来て、ちょっと寝不足で」

「なんと。わが城のベッドでは、眠り心地が悪いというのか？」

不思議そうに訊くフルールに、ハートミアは、いやと首を振る。

「その逆。ふかふかのベッドに、甘い薔薇の香り。気持ちよすぎて、眠る時間がないっていうか」

フェアラルカの天文学教師で、ハートミアの恋人である眠りの精、オーレ・ルゲイエが、小さく咳払《せきばら》いをした。

「あ……」

ハートミアが眠れない原因に思い当たったトォルとニィルは、ぎこちなくうつむく。

二人がハートミアの域《いき》に達するまでには、まだもうしばらくはかかりそうだ。

そんなふうに一見恋に慣れたように見えるハートミアも、実はちょっと前までは、切ない片想いに、一人で耐えていたのである。

そのつらい日々があったからこそ、ハートミアは素直に、恋人との時間を大切にできるのだろう。

「ご招待いただいて、感謝しているよ」

フルールに礼を言うと、ルゲイエは、夜明けの色をした瞳を覆う黒縁《くろぶち》の眼鏡を、中指の先で、スイと押し上げた。

ここに現われたときは、虹色の王子服だったルゲイエだが、いつのまにか学園にいるときのような、黒いローブに着替えている。

「花の国はとても居心地《いごこち》がよいのだが、やりかけの研究も気になるので、そろそろフェアラルカに戻ろうと思って」

ほかの皆がハッとしたように顔をあげるのを見て、ルゲイエはあわてて首を振った。

「いや。きみたちは、ゆっくりしていていいんだよ。私は明日出発するつもりだが。ハートミア、きみはどうする？」

「もちろん、オーレと戻るよ」

「それなら、俺たちも……。ジルの病気も治ったことだしな」

甘い菓子パンにかじりつこうとしていたエアが言うと、となりでお茶を飲んでいたジルも「そうだね」とうなずいた。

「では、我々も学園に戻るとするか」

かたわらに控《ひか》えているミントショコラを振り返りながら、フルールが告げる。

「フェアラルカに残してきたミントフレーズも、さすがに熱が下がった頃だろう」

「イエス、マイロード。先ほど、ミントフレーズより手紙が届きまして、もうすっかり回復したとのことでございます」

「それなら、問題ない。明日、フェアラルカに戻ることにしよう」

TERM★3　炎と緑のトライアングル★

フルールたちが、急にフェアラルカに戻ることになったことも知らずに、ヴァルは先刻幸せいっぱいで駆《か》けてきた同じ道を、今は悲痛な面持《おもも》ちで涙をこらえながら、とぼとぼと戻りつつあった。

とはいっても、憎い恋敵《こいがたき》となった兄のヴォルケーノに、おんぶされながらだが。

「兄ちゃん……」

もっとずっとちっちゃいときにいつもそうされていたように、兄の背中で心地よく揺られながら、ヴァルは濡《ぬ》れた目元をぬぐって、ぼそりとつぶやく。

「なんで、フレーズにキスしたんだよ？」

「そりゃまぁ……」

一応考えるふりをしてみせたわりには、ヴォルケーノの返事は、極めてあっさりしたものに終わった。

「したかったから」

「えぇーっ？　そんだけ？」

ヴァルは憤慨《ふんがい》して、キッと顔をあげる。

そんな理由では、全然納得できない！

(俺だって、したいのを、ずっと我慢してたのに)

「ほかにどんな理由があるってんだ？」

にらんでいるヴァルを、ちらりと肩越しに振り返って、ヴォルケーノは吐息《といき》を洩《も》らしながら訊《き》き返した。

「フレーズのこと……、好きになっちゃったの？」

「あぁ」

ヴァルの問いかけに、ヴォルケーノは、わかりきったことを訊くなというように、そっけなく答える。

それでも納得できずに、ヴァルは、ヴォルケーノの首に両腕をまわして、ぎゅっと抱きつきながら、身を乗り出して、しつこく問いただした。

「会ったばかりなのに？」

自分自身もミントフレーズに、ひと目惚《めぼ》れだったのは、棚《たな》に上げて。

「俺たちは、会うべくして会った。俺にはわかる」

「嘘だっ。フレーズだって、迷惑そうだったじゃないかっ。兄ちゃんが、急にキスなんかするからっ。怒って花の国に帰っちゃったら、どうするんだよ！」

「ん？　追いかけていって、俺のことを好きだとわからせるまでだ。あいつは絶対、俺に惚れてる」

「な、なんで……」

自信たっぷりに告げるヴォルケーノの唇を、ヴァルは呆然《ぼうぜん》と見つめた。

「どうして、そう言い切れるんだよ？」

「俺があいつのハートを暴いた。涼しげな顔をして、とろとろに甘い、真っ赤ないちごのコンフィチュールみたいなかわいいハートをな」

赤ずきんを食べようと狙っている狼《おおかみ》みたいに、ヴォルケーノは、薄い笑みを浮かべて、舌なめずりする。

「だめっ。もうこれ以上、兄ちゃんにはさわらせない。舐《な》めたり、キスしたりも絶対させない。だって、俺のほうが兄ちゃんより前に、フレーズを好きになったんだから！」

（運命の恋人は、俺のほうだ！）

その台詞《せりふ》を、ミントフレーズの前で堂々と宣言してやりたかったが、寮までのみちのりの半ば近くまで戻ってきてしまった今となっては、すでに遅すぎる気もする。

（なんで兄ちゃんみたいに、うまくやれないかな？）

自分の情けなさ加減に、ほとほと嫌気がさして、ヴァルはヴォルケーノの肩に、額を押し当てた。

そんなヴァルを横目で見ながら、ヴォルケーノが、くすっと笑いを洩らす。

「俺に宣戦布告《せんせんふこく》しておいて、なに落ちこんでるんだ？」

「べ、別に落ちこんでなんかないっ」

ヴァルは唇を咬《か》むと、すかさず言い返した。

実際は、ノーム王国のさらに地の底にあるらしい底なし井戸に、首まで浸《つ》かっているんじゃないかってくらいに、落ちこんでいたけれど。

「とにかく、フレーズは兄ちゃんには渡さない。俺が、兄ちゃんの毒牙《どくが》から守る！」

「威勢《いせい》がいいな」

ヴォルケーノはもう一度低く笑うと、ふいに青い空を見上げて、物思うように瞳を細めた。

「なんか、地中海の新鮮なシーフードが食いたくなってきたな。元気のいいスパイニー・ロブスターを浜焼きにして、がっつりかぶりつきたい気分だぜ」

そう言うと、ボルケーノは、ヴァルを勝手に背中にしがみつかせたまま、突然ギターを掻き鳴らし始める。

「欲望の炎に身を焦《こ》がし、恥じらいに落日《らくじつ》よりも赤く染まって、俺の心を惑《まど》わせる、ヨーロッパイセエビ国の麗《うるわ》しの姫、アラゴスタよ。御身《おんみ》に食らいつく俺を、慈悲《じひ》の心もて許したまえ。ごちそうさま」

「えー？　もう食っちゃったの？」

どうやら脳内でちゃっかりイセエビを食《しょく》したらしい兄の、うっとりと微笑《ほほえ》む横顔を見て、ヴァルは思わずツッコミを入れる。

「まぁな」

「はやっ！」

どうりで、手も早いはずだ。

「まさか、地中海沿岸《えんがん》を旅して、イセエビの精に、手を出したとかじゃないよね？」

「ん？　あ、いやまぁ、そういうこともあったような、なかったような」

あいまいにごまかすヴァルケーノを見て、ヴァルはふたたび眉《まゆ》を吊《つ》り上げる。

「やっぱり許せない」

「なにが？」

振り返る兄に向かって、ヴァルは険しい口調で告げた。

「兄ちゃんはフレーズに真剣に恋をしたわけじゃない。味見して、捨てるつもりだ」

「決めつけるなよ。本気だって、言ってるだろ？」

「どうせ、いつだって本気なんだろ？　そのときだけは」

ヴァルが指摘すると、ヴァルケーノは、押し黙る。

「ほら、俺の思ったとおりだ」

「もういい。勝手にしろ」

頭から火の粉を噴《ふ》くヴァルを、ヴァルケーノは、その場にすべり下ろした。

「その代わり、俺も勝手にさせてもらうからな」

「あ、兄ちゃん、待って！」

赤いレンガの小径《こみち》に転がされ、まだよぼよぼがくがくしている足腰をなだめすかしながら、ヴァルはどうにか立ち上がる。

振り向きもせずに片手をひらひらと振って遠ざかってゆくヴォルケーノを、追いかけようとするけれども。

ヴァルがようやく駆け出せるようになった頃にはもう、兄の姿はどこにも見当たらなかった。

寮の自室に戻って、服も顔も生乾きでひどく見栄《みば》えの悪い状態の自分にがっくりしながら、ミントの香りのするシャワーを浴びたヴァルは、ようやくさっぱりした気分になって、ふたたび愛しのミントフレーズとお茶の時間をやり直すために、薔薇園《ばらえん》の離れへと出かけた。

おみやげは、メイプルのスコーンと薔薇のシフォンケーキ。

こんなときは、お茶の時間が一日に何度もある英国が、世界一素敵《すてき》に思える。

目覚めのアーリーモーニングティーに、朝食と一緒のブレックファーストティー。

十一時頃ホッと一息のモーニングティー（イレブンジィズティー）に、十五時のおやつのミディティー。

ちょっぴりかしこまった夕食前のアフタヌーンティーに、十八時くらいに肉料理といただくハイティー。

そして、夕食後のアフターディナーティーと、眠る前のおやつタイムに、ナイトティー。

これだけお茶の時間があれば、それにかこつけて、特に用なんてなくても、好きな相手を誘うための口実にできるという寸法だ。

なかでももっともカジュアルなモーニングティーブレイクに招《まね》いてくれたミントフレーズの言葉を信じて、ヴァルはふたたび離れにやってきたところだった。

「ヴァル、さっきはごめんね。せっかく朝食持ってきてくれたのに」

「ううん。これ、おみやげ」

スコーンとシフォンケーキの包みを渡すと、ミントフレーズは、「おいしそう」と微笑む。

その笑顔を見られただけで、ヴァルの世界は、薔薇色に充たされる。

けれども、どんなケーキよりも甘そうなミントフレーズの唇が、次に零《こぼ》した言葉を耳にした途端《とたん》、ヴァルの視界は、一瞬でモノクロに変わった。

「お兄さんは？」

「知らない。寮に戻る途中で、喧嘩《けんか》しちゃったから」

「そうなんだ？」

さりげなく流すふりはしても、ミントフレーズの声のトーンが、落胆したように低くなるのが、ヴァルにはわかる。

「俺と二人じゃ、つまんない？」

つい責めるようなことを口にしてしまって、ヴァルはすぐに後悔した。

「ごめん。兄ちゃん、捜してくる！」

きびすを返して、外に駆け出そうとするヴァルを、ミントフレーズがうしろから、ふわりと抱きしめる。

甘い、いちごミントの香り。

柔らかなぬくもり。

「あ……」

胸の奥がじわりと熱くなって、ヴァルは息をのんだ。

「いいよ。ヴァルが来てくれただけで、嬉しい」

耳元で優しくささやくと、ミントフレーズはにっこりと笑って、ヴァルの手を握る。

「早くお茶にしよう。今朝《けさ》みたいに、またなにかとんでもないことが起きて、邪魔されちゃう前に」

「うん」

ヴァルは、ミントフレーズに手を引かれ、くすぐったいような幸せな気持ちで席につく。

ヴォルケーノが戻ってきたのは悪い夢で、本当は今も、ミントフレーズと二人きりで過ごす幸福な時間の延長なんだって気さえしてくる。

「フェアラルカって、食べ物も空気も、なにもかもおいしいね」

ヴァルの持ってきた焼き立てのスコーンを、両手の指で上品に上下に割り分けながら、ミントフレーズは微笑む。

「薔薇のシフォンも、花の城のに負けないくらい、ふわふわだ」

その瞬間、ヴァルの胸は、大岩で押しつぶされたみたいに痛んだ。

ミントフレーズはフェアラルカの住人ではなく、いつか花の国に戻らなければならないんだということを思い出して。

それも、多分、あまり遠くない未来に。

また恨《うら》めしげな言葉を洩らしてしまいそうになって、ヴァルはあわてて自分をいさめる。

「花の国って、綺麗《きれい》なところなんだろうな」

ネガティヴからポジティヴに気持ちを切り替えて、ヴァルが言うと、ミントフレーズは、ふと遠くを見つめるように、瞳を細めた。

「綺麗なところだよ。いつも甘い花の香りと光が、両腕でもかかえきれないほどあふれていて、楽しいことばかりで。みんな、笑いながら歌ったり踊ったりで、毎日が祝祭《しゅくさい》みたいなんだ」

懐《なつ》かしそうにそう話して聞かせると、ミントフレーズは、ハッと気づいたようにヴァルに謝った。

「ごめん。これじゃあ、まるで、ホームシックみたいだね」

「うん」

ミントフレーズが、本当は早く花の国に帰りたがっているように思えて、ヴァルは正直にうなずく。

けれども、ミントフレーズは、違うと首を横に振った。

「実は、びっくりしてるんだ。一人故郷を遠く離れているのに、寂しく感じない自分に」

「ほんとに？」

薔薇色のシフォンケーキをつつく手を休めて、ヴァルは訊き返す。

「ほんと。これまで花の国の外に出ることはあっても、ほんの日帰り程度で、こんなに何日もよそにいたことなんてないんだよ。なのに、不安になったのは最初の日だけ」

ミントフレーズは照れくさそうに微笑むと、テーブルの上でヴァルの手を握りしめた。

「誰も知り合いのいなかったこのフェアラルカで、安心して療養《りょうよう》できたのは、きみのおかげだよ、ヴァル。ありがとう」

「そんな。俺が勝手にちょろちょろしてただけだし。でも、フレーズがそう思っててくれたら、嬉しい」

「ヴァルに、なにか、お礼したいな」

ふと、そんなことをミントフレーズが言い出すのを聞いて、ヴァルの胸はどくんと高鳴る。

（キス……してくれないかな）

今朝の騒ぎの最中に、してもらったつもりだったけど、結局、あれは夢で。

実際にはミントフレーズじゃなくてヴァルケーノに、それも、自分から抱きついてキスを迫ってしまったという、泣くに泣けない茶番劇《ちゃばんげき》をさらしただけだ。

今度こそ、本物のミントフレーズと、とびきり甘いくちづけを……。

しかし、ほんわりとのどかなティータイムに、そんな破廉恥《はれんち》なお願いをできるはずもなく、ヴァルは瞳を伏《ふ》せて、ミントフレーズのてのひらの下から、そっと手を引き抜いた。

「お礼なんて、いいよ。俺は、フレーズとこうやってお茶していられるだけで、充分に幸せなんだから」

そう。多くを望んで、全部だめにしてしまうよりは、今のこの幸福に満足するほうが、ずっといい。

「いい子だね、ヴァルは」

ひんやりと心地いいミントフレーズの手が、頬《ほお》を優しく撫《な》でる。

でも、ヴァルの胸中は複雑だった。

年上の人（妖精）との、秘密の恋。……というシチュエイションには、火の粉を噴き上げそうなくらい萌《も》えるけれども。

「子供扱いされるのは、いやだ」

こらえきれずに、心の奥から言葉があふれ出てくる。

「あ……」

ミントフレーズは、ヴァルの頬から、びくりとてのひらを離すと、申し訳なさそうに謝罪した。

「ごめんね。僕は年上の兄弟しかいないから、弟ができたみたいで嬉しくて、つい」

「弟？」

頭上から落ちてきた小石をはらいのけたところに、巨大な漬物石《つけものいし》をドスンとくらったみたいな感じだ。

（へこむ……）

霊視《れいし》のできる医務室のハンサムなドクターが通りかかったら、ヴァルのレッドオレンジジュース色のオーラの後頭部のあたりが、ぼこっと見事にへこんでいるのに、きっと気づいたことだろう。

（そっか。ミントフレーズにとっての、俺の立ち位置は、あくまでも弟なんだ）

キスしてなんて、言わなくてよかった。

間違いなく『ごめんなさい』されて、ものすごく恥ずかしい思いをするところだった。

ヴォルケーノみたいな恥知らずならきっと、『ＯＫもらえたら、ラッキー』程度の軽い気持ちで、チャレンジできるのだろうけど。

（同じ兄弟なのに、どうして兄ちゃんは怖いもの知らずのハンターなのに、俺は、大好きな人のキスひとつ奪えないチキンなのだろう？）

いや。自分に比べれば、チキンのほうが百倍堂々とした、イケてるナイスガイに思える。

「ヴァル、僕がいやなこと言ったから、きらいになった？」

「きらいになんてなるもんか！　俺はフレーズが大好きなんだから」

あわてて顔を上げて、真面目にヴァルが告白すると、ミントフレーズは、安心したように瞳を潤《うる》ませる。

「弟がだめなら、これからもずっとお友達でいてくれる？」

「う……」

頭の中のイメージで、すっかり岩山の下敷きになりながら、ヴァルはどうにか涙をこらえて、ミントフレーズにうなずいた。

「友達でもナイトでも、なんだってなるよ、俺」

「よかった。フェアラルカでただ一人のお友達に、だめだって言われたら、哀《かな》しくて泣いちゃうかも」

(泣いちゃいたいのは、俺のほうだよ)

そんな想いをこめながら、ヴァルは、ミントフレーズを熱く見つめた。

「どうしたの？」

「フレーズ。実は、俺……」

(弟なんかじゃなくて、恋人になりたいんです。あなたの！)

たったそれだけのことを、口に出して言う勇気さえあれば！

つい数分前は、このままでいいと思っていたのに、もう心の中では、告白したくてたまらない衝動が、ドスンドスンと街を踏み潰してゆく怪獣みたいに暴れている。

「ヴァル？」

「フレーズ、俺、俺、……」

もう一息で、言えるという境界線に足を踏み入れようとした、まさにそのとき。

「オーレっ！」

掛け声とともに、テラスから部屋に踊りこんできたのは、ほかでもない、ヴォルケーノだった。

「なんだよ、兄ちゃんか？　ルゲイエ先生でも、近くにいるのかと思ったじゃないかよ」

告白を邪魔されて、がっくりきながら、ヴァルは、顔の横でカスタネットを叩《たた》きながら近づいてくるヴォルケーノを見やる。

「兄ちゃん、その恰好《かっこう》……」

ヴォルケーノは、フラメンコダンサーみたいなフリルつきの、身体にぴったり吸いつく真っ黒な衣装に着替えていた。

相変わらず、稲妻《いなずま》の矢のようなエレキギターは、背負っていたが。

ヴォルケーノは、自分の火力で発電できるので、アンプ要《い》らずなのだ。

首にはチョーカーの代わりに黒いリボンが巻きつけられていて、ヴォルケーノが情熱的なサパテアードの八分《はちぶん》の六拍子《ろくびょうし》で、タンタンと靴音《くつおと》を響かせながら進んでくるごとに、長いリボンの端《はし》が、変身ヒーローのようにひらひらと揺れる。

唇には深紅《しんく》の薔薇。

(ティータイムにこんな恥ずかしい登場の仕方は、あのフルールでもしそうにないのに)

兄のエキゾチックなふるまいに、めまいすらおぼえながら、ヴァルは大きく吐息をつく。

おまけに、妖《あや》しくはだけた胸元が、妙《みょう》にエロちっくで。

ミントフレーズの反応がふいに気になって、ヴァルは振り向く。

すると、案の定……。ミントフレーズは、恥ずかしそうに両手で顔を隠して、指の隙間《すきま》からこっそりと、ヴァルケーノを窺《うかが》っていた。

それは、あきらかに、恋する者のまなざし。

ヴァルは、思わず、こぶしを握りしめる。

ミントフレーズが一目惚《ひとめぼ》れしたのは、自分じゃなく、兄のヴォルケーノ。

あとからやってきて、こんなの、ずるい！　と、ヴァルは思う。

けれど、いったい誰のどんなところがずるいのかは不明だ。

ヴァルがミントフレーズを好きになったように、ミントフレーズはヴォルケーノを好きになっただけ。

相手のことなんて、ほとんど知らないうちに。

そして、ヴォルケーノも？

兄の気持ちは、正直ヴァルにはよくわからない。

本気なのか、遊びなのかさえ。

けれど、この恋のトライアングルで邪魔なのは、どう考えても、自分自身だ。

今も……。

見つめ合っているミントフレーズとヴァルケーノから、ヴァルは視線をそらす。

自分さえ気をきかせて消えれば、二人は、人目をはばからずに、恋を熟成《じゅくせい》できる。

夏に花開いた恋は、きっと豊穣《ほうじょう》の秋には、たっぷりと甘い炎の色の果実をみのらせるだろう。

でも、ヴァルは、二人の恋が無事に実を結ぶように、祈《いの》ったりは、絶対にできなかった。

それどころか、数日で花が枯れるか、恋の果実が成長する前に、腐《くさ》って落ちてしまえばいいとまで思ってしまう。

そんなことを考えてしまう自分にも腹が立つ。

ミントフレーズを泣かせたくないと、心から願っているのに。

(ごめん、フレーズ。心、狭くて)

とことん邪魔してやる。

ミントフレーズとヴォルケーノが喧嘩《けんか》して、二度と会いたくないと、憎みあうようになるまで、ずっと！

そんなことを考えている自分に、ヴァルはふと気づいて、途端に怖くなる。

（俺、どうなっちゃうの？　ハートが、こんなにドロドロの真っ黒になっちゃったよぉ）

泣きそうになるヴァルの脳裏《のうり》に、遠い花の国にいる友人たちの顔が浮かんだ。

仲良しのトォルやハートミアがここにいたら、どんな助言をくれるだろう？

（早く帰ってきてくれよー）

ヴァルは、心の中で助けを求めるけれども……。

みんなが帰ってくることは、イコール、ミントフレーズがいなくなってしまうことなんだと気づいて、また袋小路《ふくろこうじ》に追いこまれてしまった。

（どうしたらいいんだよ？）

生まれてから、今までで、最悪の大ピンチだ。

ミントフレーズの相手が、ヴォルケーノじゃなくて、花の国で帰りを待っている幼馴染《おさななじ》みとかなら、まだ諦《あきら》めもついたのに。

（兄ちゃんには、負けたくない！）

たった二つ違いなのに、体格も自信も、ヴァルよりずっと強くて大きい兄のヴォルケーノだけには絶対に。

けれど、ヴァルがそんなことを考えているあいだにも、ミントフレーズとヴォルケーノの距離はじりじりと近づいて、もう手を伸ばせば触れ合えるところまできている。

「ベイベー、おまえになら、俺の血を最後の一滴《いってき》まで捧《ささ》げてもかまわない」

ヴォルケーノは、唇に咥《くわ》えた深紅の薔薇をミントフレーズに差し出しながら、情熱的に告白した。

「これが、その愛の証《あかし》。ブラディ・ローズ」

「あ……」

受け取らないでくれ……と、ヴァルが必死に念じたにもかかわらず、ミントフレーズは、おずおずと指を伸ばして、ヴォルケーノの渡す深紅の薔薇を、手に取る。

「誓《ちか》いのくちづけを」

ヴォルケーノが、ミントフレーズの顎《あご》をつかんで唇を重ねようとする、まさにその寸前に、ヴァルは二人のあいだに割りこんでいた。

「兄ちゃん、それ、いいカスタネットだね」

「は？」

大事な瞬間を邪魔されて、ヴォルケーノは、眉根を寄せる。

ヴォルケーノの大胆なアプローチに、魅入《みい》られたように従《したが》おうとしていたミントフレーズも、ヴァルが邪魔したおかげで、我に返ったようにあとずさる。

「おい……」

ふたたび抱き寄せようとするが、ミントフレーズに胸を押しやられて、ヴォルケーノは、傷ついた様子で、カスタネットを指から外し、それをヴァルの手におしつけた。

「おまえにやるよ」

「え？　なんで？」

「昔から欲しがってただろ？　俺がハイパーカスタマイズした、このカスタネット」

ヴォルケーノに言われて、ヴァルは思い出す。

子供の頃に、兄のカスタネットが欲しくてたまらなかったことを。

ちゃんと自分のカスタネットも持っていたが、ヴォルケーノのカスタネットの音色《ねいろ》が、特別素敵に思えて、仕方なかったのだ。

「あ、ありがとう」

戸惑《とまど》いながらも、ヴァルは、それを指にはめて、タンタンと叩いてみた。

「うまいじゃないか。そいつもきっと喜んでるぜ。おまえに叩かれるのを」

「ほんとに？」

「あぁ、おまえは、いいカスタネット奏者《そうしゃ》になれる」

手放しで褒《ほ》められて、ヴァルは微妙な気持ちになる。

「別に、なる気ないし。てか、俺には、兄ちゃんみたいに音楽の才能ないっ」

とっさに言い返すが、やはり気になるのは、キスを邪魔されたヴォルケーノが怒って、なにか仕返しをしようと、たくらんでいないかだ。

普通なら、逆さ吊《づ》りにされて、おしりを叩かれても、おかしくないところなのに。

にもかかわらず、怒るどころか、長いあいだ愛用しているお気に入りのカスタネットを、あっさりとヴァルにくれてみたり。

(怪しいよな?)

素直に喜べず、ヴァルは、探るようにヴォルケーノを見上げた。

すると、ヴォルケーノは、背中を探って、なにかを取り出す。

それは、美しい細工《さいく》のある不思議なフルートだった。

普通に銀色ではなく、ミルクがかった月光の色に輝いている。

「これは、いちごミントに」

「僕に?」

「そう。好きだろ? フルート」

指先でバトンのように、器用にまわしてみせると、ヴォルケーノはそれを、ミントフレーズに握らせる。

「どうしてわかったの? 僕がフルート好きだって」

「キスすりゃ、わかるさ。そのくらい……」

フンと顎をそらすヴォルケーノの目元が淡く染まるのを、ヴァルは、珍しいものでも見るように眺めた。

(照れてる? 兄ちゃんが?)

きっとあてずっぽうでミントフレーズにフルートをプレゼントして、それが運よく当たったので、ホッとしたのに違いない。

「これから、海にでも散歩に出て、渚《なぎさ》で演奏会としゃれこもうじゃないか」

「海に？」

途端、ミントフレーズの瞳が、夜明けのルシファー（金星）のような、明るいいちご色にまたたいた。

嬉しそうなミントフレーズと、それを見て、やはり嬉しそうなヴォルケーノを、交互に窺《うかが》いながら、ヴァルは首をかしげる。

ミントフレーズが海に行きたがっていたのを、ヴォルケーノは、いつ知ったのだろう？

朝食のときにヴァルたちが話しているのを、薔薇の繁《しげ》みに隠れて、盗み聞きしたのだろうか？

（や、これも偶然だ。兄ちゃん、昔っから、そういうの当てるの、得意だったから）

いつもやっている『おまえのハートを暴いてやるぜ！』とかいうあれも、結構当たっているのかもしれない。

そう考えたところで、ヴァルは、いやいやと大きく首を振った。

もし当たっていたら、ミントフレーズとヴォルケーノは、出会うべくして出会った運命の恋人同士ということになってしまうから。

「兄ちゃん、おなかすいてないの？」

　また、頭からしっぽまであんこぎっしりのたい焼きよろしく、内側が真っ黒な嫉妬《しっと》で、ぎゅうぎゅうに埋め尽くされてしまいそうな気がして、ヴァルは、わざと明るくヴォルケーノに尋ねた。

「大丈夫だ。食堂で、食ってきた。ヘスティアスの兄貴自慢のブイヤベースをな」

　相当美味だったのか、思い出したように舌鼓《したつつみ》を打つと、ヴォルケーノは、ギターを前にまわして、魚介《ぎょかい》煮《に》こみスープを賛美《さんび》する歌を奏《かな》でる。

「ある日迷子の仔《こ》やぎが、浜辺でブイヤベースと出会った。
　目と目が合った瞬間に、飛び散った火花が、空にのぼって、
　漁師たちの星となった。『お熱いうちに』とブイヤベースは言った。
『狼が来る前に』ともう一度誘った。仔やぎはうなずいた。
『それではお言葉に甘えて』と。あぁ、白身魚に海老《えび》に貝。
　うまみのたっぷり溶けこんだ魅惑《みわく》のスープをひとくちすすって、
　仔やぎは歓喜の叫びをあげた。高らかに『うめぇぇぇぇぇ』と」

「ご拝聴《はいちょう》、グラシアス（ありがとう）」

じゃーん、ぎゅいーんとギターを鳴らして、宮廷楽師《きゅうていがくし》のように気取《きど》って礼をするヴォルケーノに、ミントフレーズは、惜しみない拍手を送る。

子供の時分から、この手の歌は、もういやというほど聞かされているヴァルが、うんざりしながら、拍手の代わりにカスタネットをカタカタと鳴らしていると、いきなりヴォルケーノが身を屈《かが》めて、顔を覗《のぞ》きこんできた。

「なんだ、その態度は。なんなら、ここで、おまえのハートを暴いてやろうか？」

「わっ」

ヴァルは、真っ青になる。

ミントフレーズに恋していることがばれても、全然問題はないのだが。

ヴォルケーノといい仲になる前に、いがみあって別れちゃえばいい……とか、もっと積極的に汚い手でもなんでも使って、邪魔してやる気満々なのは、さすがに知られると困る。

少なくとも、大好きな初恋の人にだけは、優しくて心の清い、心根のよい妖精だと思われていたいから。

「それだけは、ご勘弁《かんべん》をっ」

両手を合わせて拝《おが》む弟を、ヴォルケーノは数秒ほど見つめていたが、ふいにヴァルの赤いハネっ毛をくしゃくしゃと撫でると、優しい声で言った。

「仕方ない。今日のところは、やめておいてやるぜ」

（兄ちゃん、感謝！）

ヴァルが心の中で礼を言うのが聞こえたのか、ヴォルケーノは、気だるげに顎をそらすと、横目で弟に、二、三度小さくうなずいてみせた。

「じゃあ、早速準備を……」

ミントフレーズがつぶやくのを聞いて、ヴァルとヴォルケーノは、同時に顔をあげる。

「まさか、水着の？」

ヴォルケーノが訊くと、ミントフレーズは一瞬大きく瞳を見開き、次に真っ赤になった。

「違うよ。お茶とか、お菓子とか、敷物《しきもの》とか」

なんだ……とがっかりした顔で、火の精の兄弟は、顔を見合わせる。

「じゃあ、ヴィーナスのように全裸で。きっと気持ちいいぜ」

ヴォルケーノが、とんでもない提案をする。

「青い空。そよぐ風。きらきらと跳《は》ねまわる虹色の光。……波は爽《さわ》やかに、そして淫《みだ》らに、素肌にからみついては離れていく。足元で濡れた砂がさらさらと揺れながら、素肌のヴィナースの心を、甘く乱してゆく。妖精の島の美しい渚で、秘密の想い出を作りたくはないか？　愛しのいちごミント」

ヴォルケーノが歌うようにささやくと、ミントフレーズは、ちょっと心惹《こころひ》かれた様子で、両手を胸元で交叉《こうさ》させながら、瞳を潤ませた。

「きみたちが見ないと約束するなら、脱いじゃってもいいかな」

ミントフレーズの大胆な発言に、ヴァルは、鼻血と火の粉を同時に噴きそうになるけれども。

ヴォルケーノは、もうひと押しとばかりに、大きくうなずいてみせる。

「見ない、見ない。絶対に見ない」

傍《そば》で聞いていても、『嘘ばっかり』とツッコミを入れたくなるような、不誠実《ふせいじつ》な口調なのに。

「ほんと？　じゃあ、ちょっとだけね」

ミントフレーズは、すっかりその気で、にこやかに、そう答えたのだった。

TERM★4 ミステリアスな渚のヴィーナス★

青い空。青い海。

そして、ヴァルのハートも、見事にブルーだった。

学園を取り囲む森を抜けてすぐの北西の浜辺へ、兄のヴォルケーノ、そして愛しのミントフレーズとともにやってきたヴァルは、涼しい木陰《こかげ》に広げたアラビアンな敷物の上で、白い波が寄せては返すのを眺めながら、三重奏に興《きょう》じている最中である。

妖精の島の優雅な午後。

ヴォルケーノのエレキギターが甘く震えて、その旋律《せんりつ》に、ミントフレーズのフルートが、蔓薔薇《つるばら》のように柔らかくからみついてゆく。

まさしく、絶妙の相性。

なのに、ヴァルは、二人のように、純粋に音楽を愉《たの》しむ気持ちには、とてもなれない。

自分のカスタネットが、実は邪魔なんじゃないかという思いで、頭の中がいっぱいで。

けれど、ここでリタイアしたら、恋の勝負からも置いていかれそうで、二人の奏でる美しい音色を壊さないよう気をつけながら、タンタンと、虚《むな》しくカスタネットを叩《たた》き続けていた。

茨《いばら》の繁みを割り開くように心の中に忍びこんでくるインストゥルメンタルが終わって、その調べが導くのは、切ない妖精恋物語の世界。

「パンケーキの月の夜、森の館に棲《す》んでいる火の精の青年が
ベッドに身を横たえたそのときに、窓辺を風たちが横切った。
拾い物好きな彼らの今宵《こよい》の収穫、それは不思議な魅惑の歌声。
『逢《あ》いに来て。私の運命の恋人よ。抱きしめて。燃えるその腕で』
若者はベッドを抜け出して、歌声のあるじを捜しに出かけた。
森をさまよい、丘を越えて、とうとう銀色に輝く浜辺へと。
若者は見つけた。月の光でできた遠い浅瀬《あさせ》に。麗《うるわ》しき海の歌姫を」

そのとき、ふいに、フルートの音が途切れた。

「あ……」

あわてて謝ろうとするミントフレーズに、その必要はないとまなざしで告げ、ヴォルケーノは、突然のお預けに、じれたように震える愛器《あいき》の弦《げん》をつまびく。

途端《とたん》、まばゆい陽射《ひざ》しの中に、鮮やかに舞いあがる炎の五線譜《ごせんふ》。

きらきらと燃えながら風に踊る、リボンのようなそれを、ミントフレーズの甘く幻想的なフルートの音色が、エメラルド色の音符《おんぷ》となって追いかける。

真昼の渚に、夜のマドリガルが、ふたたび流れ始めた。

「駆《か》け寄って抱きしめた。燃えるように熱い腕の中に。運命の恋人を。
幸福な時間はすぐに過ぎ去り、海の歌姫はささやいた。
『恋人よ。また明日、月が昇《のぼ》ったら、この浅瀬で逢いましょう。
一夜も欠かさず、十三の夜、その腕で私を抱きしめてくれるなら、
あなたのものになりましょう』それまでは、くちづけもお預け。
『そのくらい、たやすいことだ』若者はうなずき、館に戻り、夜を待った。
次の夜も。その次の夜も。夢のような日々は、渡り鳥のように過ぎゆき。
幾《いく》たびかの夜が訪れる。天には、夜の海を渡る銀の小舟のような三日月。
月の光が揺らめく浜辺で、いつものように浅瀬へ渡ろうとした若者は
足を濡《ぬ》らす波を呆然《ぼうぜん》と見つめる。そして、満《み》ち潮《しお》の彼方《かなた》で待つ恋人を。
『なんということだ』若者は濡れた砂に膝をつき、頭をかかえて叫ぶ。
火の精である若者は泳げない。哀しみの調べが夜の岸辺に降り注ぐ。
『あなたがここまで来てくれ。俺たちの邪魔をするこの波を渡って』
されど海の姫は、エメラルド色の長い髪を横に振るだけ。
『愛の誓いが守られなければ、私はこの浅瀬から先へは進めない』
若き火の精は覚悟を決め、夜の海を渡り始める。恋人の待つ浅瀬へ。
なれど波は容赦《ようしゃ》なく若者に襲いかかり、暗き水底《みなぞこ》へとひきずりこむ」

「そんなっ！」

いつのまにかカスタネットを叩くのも忘れて、物語に聴き入っていたヴァルが、こらえきれずに叫んだ。

「どうなっちゃうんだよ？」

ヴォルケーノは苦笑を洩《も》らして、歌を続ける。

物語の結末を、ヴァルにささやきかけるように。

「哀《あわ》れ、浅瀬の手前で燃え尽きた火の粉の精シャラーラの命は、
炎をいだく紅《あか》き石となりて、海の歌姫セイレーヌの手に。
その夜は、誓約《せいやく》をかわした日から、ちょうど十三日目。
恋人の命から実ったハートの形のその石に、くちづける歌姫。
恍惚《こうこつ》と微笑《ほほえ》む歌姫の、血のように紅き唇。それを見守るものは、
息をひそめる夜の波。歓喜《かんき》の歌を奏でる姫のしもべの風たち。
銀の雫《しずく》を零《こぼ》す剣のような三日月。そして、石と成り果てた火の粉の精。
誓約を守り抜き、恋人のくちづけを勝ち取ったシャラーラ。
愛と誠に命を捧げた愚《おろ》かな火の精に、おおいなる賞賛《しょうさん》を。ブラーヴォ」

いつものように、ぎゅーんと最後にギターを掻《か》き鳴らして、ヴォルケーノは一礼《いちれい》する。

ミントフレーズは、フルートを膝の上に置いて、盛大な拍手をしたあとで、ふいに糸の切れたマリオネットのように肩を落としながら、小さくため息をついた。

「切ない物語ですね。それでもシャラーラは、幸せだったのでしょうか？」

「多分な。ま、もっとよく考えて踏みとどまれば、さらにいかした新たな恋人と、熱烈なキスをナマでいくらでもかわせただろうにな。ピュアも良《よ》し悪《あ》しってことだ」

そう言って、ヴォルケーノは、なぜかヴァルを見る。

「な、なんだよ？」

「いや、別に。さてと」

怪訝《けげん》そうに眉根を寄せるヴァルから視線をそらすと、ヴォルケーノは、ギターを指で優しく撫《な》でまわしながら、今度はミントフレーズを見つめた。

「演奏欲《えんそうよく》も充たされたことだし、次は……」

「食欲なら、もうとっくに充たされてるだろ？」

ヴォルケーノの言葉をさえぎるように、ヴァルは身を乗り出す。

なんとなく、兄が危険な台詞《せりふ》を洩《も》らそうとしている気がしたからだ。

「フレーズ、二人で浜辺を散歩しない？」

「え？」

ミントフレーズが、ヴォルケーノを気にするように視線を揺らすのを見て、ヴァルは躍《やっ》起《き》になる。

「ほら。今朝話してた、かわいい貝殻《かいがら》、探しにいこうよ」

「うん。でも、その前に、ちょっと泳いでこようかな？」

「ぜ、全裸でっ？」

思わず訊き返すヴァルに、ミントフレーズは、照れくさそうに目元を染めて微笑みながら、小さくうなずいた。

「うっ」

その瞬間、ヴァルは我慢できずに、ぽふっと火の粉を噴きあげてしまう。

鼻血を噴くのと、ほぼ同じ感覚だ。

「やばっ！」

飛び散る火の粉があたりの木々に燃え移るのを怖れて、ヴァルは、砂浜に飛び出すと、わき目もふらずに水辺《みずべ》めがけて駆け出した。

波打ち際に着くなり、燃えている頭を水の中につっこみ、自力で消火する。

しゅうぅぅぅと煙を吐きながら、ヴァルが振り返ると、ミントフレーズが、ズボンの両脇を握って、おしりの半《なか》ばあたりまで、ひきずりおろそうとしているのが見えた。

「うわっ」

ヴァルは、ふたたび勢いよく海に頭を突っこもうとして、一瞬迷う。

結局、もうちょっとだけミントフレーズのナマ着替えを覗いていたいという欲望に負け、水辺に膝をついたまま、ヴァルがこっそり肩越しに振り返ったそのとき。

「見ちゃだめっ！」

いきなりミントフレーズが叫んで、その場にしゃがみこんだ。

ヴァルは、その言葉が自分に向けられたものだと思って、びくんと身をすくめる。

「ごめ……」

とっさに謝りかけたヴァルだったが。

ミントフレーズが、脱いだばかりのピンク色のシャツで、恥ずかしそうに胸元を隠しながら、背後にいるヴォルケーノを涙目で見つめているのに気づいた。

(なんだ。兄ちゃんのほうか)

ホッとすると同時に、なんとなく哀しくなる。

覗きがばれて『恥ずかしい子』認定されるのもいやだが、蚊帳《かや》の外扱《そとあつか》いは、さらに嬉しくない。

寂しさのあまり、エッチな変態っぽく両腕をあげて、ミントフレーズの前に、うおーっと躍《おど》り出ようかとさえ思ったが、それもかなり情けないのでやめた。

「別に気づいてもらえなくてもいいもん。どうせ俺なんて、よくても弟扱いだしさ」

ヴァルはすねて、ミントフレーズに背中を向けると、一人、波打ち際で膝をかかえて、金と青にまばゆくきらめく遠い海原《うなばら》を眺めた。

ゆらゆらと誘うように揺らめく波を見ているうちに、先刻ヴォルケーノの歌った、かわいそうな火の粉の精シャラーラの物語が、脳裏《のうり》に甦《よみがえ》ってくる。

もしもあの海原の向こうで、ミントフレーズが呼んでいたら、自分はどうするだろう？

いくら火の精でも、海に入ったくらいでは、物語のように、簡単に石になったりまではしないと思うけど。

それでも、きっと身体中の力を奪われ、漂流を続けて、いつか遠い岸辺《きしべ》に打ち上げられる頃には、干からびた炎の形の海草みたいになってしまっているだろう。

そして、焚《た》き火に投げこまれ、火の粉を振りまきながら、天に消えていくに違いない。

もちろん、好きな人のキスもなしで。

それを考えれば、シャラーラは、だいぶラッキーな男に思えてくる。

愛しい恋人の胸を飾るハート型のペンダントになって、その肌のぬくもりをいつも感じながら、歌も聴くことができて、ときおり甘いキスももらえるのだから。

「いっそ俺も、石になって、フレーズにキスしてもらおうかな」

肩で深いため息を零しながら、ヴァルはつぶやく。

そして、愛しいミントフレーズを、こっそりと振り返った。

けれども……。

「いない？　兄ちゃんも！」

つい先刻まで二人のいた場所に、誰の姿も見えないのに気づき、ヴァルは驚いて立ち上がる。

「フレーズ！　兄ちゃーん」

叫んでも、聞こえてくるのは、波の音だけだ。

ヴァルは、青い空と海を背にして、波打ち際にただ一人、たたずんでいた。

小さな浅瀬を渡った先にある、岩場の洞穴《ほらあな》。

足元の白砂の上を、海水がサファイアのようにきらめきながら、さらさらと流れてゆく。

「なにをしてるんだ？　こんなところで」

ラピスラズリの壁を探って、その奥に目的のものを見つけたミントフレーズは、背後から、ふいに声をかけられ、びくりと顔を上げた。

「ヴォルケーノ？」

振り向くと、裸の上半身にギターを背負った火の精が、妖《あや》しく輝く青い岩壁に肩で凭《もた》れながら立っていた。

「全裸じゃないんだな？　わが愛しのヴィーナスは」

ヴォルケーノが責めるのはもっともで、ミントフレーズは、従兄弟《いとこ》のミントショコラのクローゼットから借りてきた、薔薇の三つボタンつきの淡い薔薇色のショートパンツと、若草色のパーカーを身につけていた。

「どうして？　見ちゃだめだって言ったのに」

「着替えはな」

ミントフレーズの腕をつかんで、引き寄せながら、ヴォルケーノは口元で笑う。

「ヴァルじゃあるまいし。まさかこの俺が、『もういいよ』とお許しをもらうまで、おとなしく両手で目を覆《おお》っているとでも思っていたのか？」

「うん」

素直にうなずかれ、ヴォルケーノは、戸惑《とまど》うようにまばたきをする。

ミントフレーズは、背伸びをして、自分のほうからヴォルケーノに顔を近づけながら、甘くとろけるような声音《こわね》で、責めるようにささやいた。

「信じてたのに」

けれども、ミントフレーズは、すぐに、くすっと笑いを洩らして、悪戯《いたずら》っぽくきらめくストロベリーキャンディのような瞳を上げた。

「嘘だよ。きっと追いかけてきてくれると思ってた。……キスして」

瞳を閉じてキスをねだるミントフレーズの紅い唇に、ヴォルケーノは、唇を重ねる。

情熱的なキスのあとで、呆《あき》れたようにヴォルケーノはつぶやいた。

「小悪魔だな。純情そうな顔をして」

「そんなことないよ。キスが好きなだけ」

心外《しんがい》そうに小さく肩をすくめながら、ミントフレーズは言う。

「ヴァルにもしたのか？」

ヴォルケーノが訊くと、ミントフレーズは、怒ったように瞳をそらした。

「まだだよ。あなたが邪魔するから」

「俺のせい？」

「そうだよ……」

ミントフレーズは、ヴォルケーノの胸を押して、身体を離す。

「強引で、苦手なタイプ」

「俺のことか？」

ミントフレーズはうつむいたまま、うなずくと、岩壁《いわかべ》を指先でたどりつつ、うしろ向きに奥へ進みながら言った。

「先に戻っててよ。きっとヴァルが心配してる」

「そうだな」

ヴォルケーノは答える。

だが、ミントフレーズがひそかに安堵《あんど》の吐息《といき》を洩らすのを見て、「いや」と、首を横に振り直した。

「それなら、一緒に戻ろうぜ」

「え？」

びくんと瞳をあげるミントフレーズのほうへ、ヴォルケーノは大股に近づくと、その顎《あご》をつかみあげた。

「それだと、なにか、都合でも悪いのか？」

「そんなことはないけど。ここ、綺麗《きれい》だから、もう少しいたいかなと思って」

「なら、俺もつきあう。せっかく二人きりなのに、想い出をつくらない手はない」

ヴォルケーノは、背負っていたギターを、かたわらの平たい岩の上にそっと横たえると、ミントフレーズを抱き寄せてささやいた。

「んんっ」

いきなりディープなキスをされて、ミントフレーズは身悶《みもだ》える。

「なにするんだよ？」

ねっとりとした音を残して、唇が離れた途端、ミントフレーズは最初のキスのときと同様に、ヴォルケーノに平手打ちを見舞うために、片腕を振り上げた。

けれど、手首をつかまれ、ふたたび引き寄せられてしまう。

「好きなんだろ？　キス……」

「そうだけど、無理にされるのは、好みじゃない」

「自分から迫《せま》るほうが好きってことか？」

ヴォルケーノが問い詰めると、ミントフレーズは、自信たっぷりな火の精を恨めしげににらみながら言い返した。

「時と場合によるよ」

「今は？」

「憎たらしい火の精を、そこの砂の上に押し倒してやりたい」

ミントフレーズは答えるなり、それを実行する。

白い砂の上に押し倒したヴォルケーノの膝を、両腿《りょうもも》で挟みこみながら、のしかかると、強引にキスを奪いつつ、ミントフレーズはささやいた。

「僕がいなきゃ生きていけないくらい、めろめろにさせて、二度と意地悪なこと言えなくしてやる」

「そいつは楽しみだな」

ヴォルケーノはつぶやくと、肘《ひじ》で上半身を起こして、ギターの弦を掻き鳴らすように、ミントフレーズの下肢《かし》を探る。

「あっ」

のけぞるミントフレーズの、はだけた胸元で、なまめかしい二つの棘《とげ》が、濡れたいちご色にぬらりと輝いた。

それに舌の先を押し当て、ヴォルケーノは優しく弄《もてあそ》ぶ。

「いやっ。あぁっ」

甘い声をあげるミントフレーズを煽《あお》るように、ヴォルケーノは言った。

「俺をめろめろにさせるんじゃなかったのか？　自分が気持ちよくなってて、どうする」

「悔《くや》しいっ」

ミントフレーズは、ヴォルケーノの髪に指をからませて、膝《ひざ》を震わせる。

「あぁ、お願い」

「どんなお願いだ？」

「キスしてよ。身体が燃えちゃいそうに、すごいのを」

けれど、ヴォルケーノは、ミントフレーズの柔らかな耳朶《じだ》に歯を立てながら言った。

「おまえが俺を、気持ちよくさせてくれたらな」

「ひどい男……」

「お互い様だろう？」

ヴォルケーノは、悔しげに涙を浮かべるミントフレーズの目元に、愛《いと》しげにくちづけて、ささやく。

「おまえのハートの奥の奥まで、全部暴いてやってもいいんだぜ？」

「なにを知ってるの？」

キスの名残《なご》りで火照《ほて》る唇を、うっとりと開きながら、ミントフレーズは訊き返した。

「言わせたいのか？　俺に」

「はったりが上手だね。ほんとはなにも知らないくせに」

ヴォルケーノの背中に爪を立てながら、ミントフレーズが、鈴の音のように笑う。

「そう思っていたければ、それでいいさ。だが、ひとつだけ、忠告しておく」

「なぁに？」

にっこり微笑むミントフレーズを、激しく抱きしめて、咬《か》みつくようなキスをしながら、ヴォルケーノは告げる。

「ヴァルを傷つけたら、許さない」

途端、ミントフレーズの唇が小さく震えて、消え入りそうな声が答えた。

「わかってるよ」

どこからか射しこんでくる光が、幻想的なブルーから、夕暮れの黄金色に変わってゆく。

「僕だって、そのくらい」

「いい子だ。……信じてるぜ」

「うん」

うなずいて、ヴォルケーノの首に腕をまわすミントフレーズの身体から、いちごミントの甘い香りがひときわ強くたちのぼって、浅瀬の洞窟《どうくつ》の中を、満ち潮のように静かに充たしていった。

TERM★5　愛しのミントの甘い誘惑★

その夜、遅く……。

ヴァルは、隣のベッドで兄のヴォルケーノがぐっすり寝入っているのたしかめ、そっと部屋から抜け出していた。

なぜかといえば、……ミントフレーズと、二人っきりでこっそり逢うためだ。

誘ったのはヴァルではなく、ミントフレーズのほう。

お昼に浜辺で、どこかへ消えた兄とミントフレーズの二人を待つうちに、木陰《こかげ》に広げた魔法の絨毯《じゅうたん》みたいな敷物の上で、いつしか泣き寝入りしてしまったヴァルだったが。

戻ってきたミントフレーズは、髪を優しく撫でて起こしてくれながら、声をひそめて、なんと、こう耳元でささやいたのである。

『夜中の十二時に逢いにきてくれる？　きみ一人だけで』

ヴァルは、半分寝ぼけたまま、目をこすりながら、うなずいた。

一足遅れてヴォルケーノが戻ってきたせいで、その理由は、訊きそびれてしまったけれども。

（もしかして、あ、逢引《あいびき》のお誘いっ？　夜中の十二時っていったら、大人の時間だし）

目が覚めて、夜が近づくにつれて、段々どきどきが激しくなってくる。

おかげで、海から戻って夕食後までやらされた罰の写本も何度もしくじってしまい、だいぶ進んでいたのに、とうとう最初からやり直さなければならなくなったほどだ。

だが、そんなことは、これからミントフレーズと密会することに比べれば、ほんの些細《ささい》なことに過ぎなかった。

夜に図書館から寮の自室に戻ると、同室であるヴォルケーノの姿はどこにも見えなかった。

そわそわしているのを気づかれたらどうしようと、内心びくびくだったので、むしろラッキーと思うことにして、ヴァルは普段着《ふだんぎ》のまま、ベッドにもぐりこんだ。

ヴォルケーノがミントフレーズと一緒なんじゃないかと考え始めると、嫉妬《しっと》で胸が焼け焦《こ》げそうになったが、このあと約束しているのだと自分に言い聞かせて、ベッドの中で兄の帰りを待った。

十一時の鐘が鳴り終わる頃、ようやく部屋に戻ってきたヴォルケーノは、灯《あか》りをつけぬまま、ヴァルのベッドに近づいてきた。

ベッドの縁《ふち》にそっと腰かけて、ヴォルケーノは、ヴァルの寝顔を覗《のぞ》きこむ。

ヴァルが必死に眠ったふりをしていると、大きな手がふわりと髪を撫で、スイと影が離れる。

部屋を横切る足音のあとに、ヴォルケーノが自分のベッドにもぐりこむ気配がして、ヴァルはホッと胸を撫でおろした。

そのうち、ヴォルケーノの寝息が聞こえてきて、今に至《いた》るというわけである。

「無事、脱出成功！」

中庭に走り出て、空を見上げると、かまどの精へスティアス自慢のハニークロワッサンを思わせる金色の三日月が、蜜《みつ》のような光の雫《しずく》を滴らせている。

そして、色とりどりのチョコスプレーでデコレートされたクッキーみたいな星たちが、噂話に花を咲かせるように、あちらこちらできらめきあっていた。

いつもなら、それに加えて、星見《ほしみ》の塔のまわりで眠りの粉がきらきらと渦を巻きながら、皆を夢の世界に引きずりこむ頃である。

だが、塔のてっぺんに棲《す》んでいる眠りの精のオーレ・ルゲイエが、花の国に出かけていて留守のせいか、周囲に巻きついているはずの砂のリボンはどこにも見当たらず、塔自体の石壁《いしかべ》が、ときおり月の光に照らされて、虹色に揺らめいているだけだ。

おそらく、眠りの粉たちも休暇中なのだろう。

（休暇のあいだ、あいつら、どこでなにやってるんだろ？）

不気味《ぶきみ》に静まり返った星見の塔のかたわらを通り過ぎる際に、ヴァルは思わず気になってしまう。

悪戯《いたずら》好きなミルク色の砂たちが、遠い砂漠でピラミッドに擬態《ぎたい》して、キャラバンや盗賊《とうぞく》たちを眠らせている様子を、うっかり想像してしまって、ヴァルは思わず火の粉を飛ばしそうになった。

「はわわわわっ」

願わくば、よそで無駄《むだ》な活躍をせずに、誰もいない星見の塔の中で、おとなしく眠っていてくれるとよいのだが。

そんなことを思いながら、星見の塔を肩越しに振り返って仰ぎ見る。

そのとき、十二時の鐘《かね》が鳴り始め、ヴァルは、あわてて、ポケットに手をつっこむと、中に入っているものを握りしめながら、薔薇園《ばらえん》へ続くレンガの小径《こみち》に向かって駆《か》け出した。

ヴァルが大切に握っているそれは、昼間に浜辺で見つけた、綺麗《きれい》な薔薇色の巻貝《まきがい》の貝殻《かいがら》だ。

それも、いちご色のハート模様が、まんなかにひとつだけある不思議な貝殻。

ミントフレーズが戻ってきたら、すぐにプレゼントして、喜ばせてやろうと思っていたのに。

こんな夜中に二人で逢おうと、ミントフレーズが誘ったりするせいで、渡すのをすっかり忘れてしまっていたのだ。

「あっ！」

鳴り響く鐘の音にせかされて、あせるあまり、ヴァルはレンガの敷石《しきいし》の縁《ふち》につまずいて、転んでしまう。

だが、ミントフレーズへの贈り物の貝殻は、ちゃんと握りしめていたおかげで無事だ。

「よかった」

代わりに膝小僧と頬《ほ》っぺたに、擦《す》り傷をつくってしまったけれど、そのくらいどうってことはない。

けれど、大事な貝殻が、ミントフレーズに渡す前に砕けたりしたら、きっと泣くに泣けずに、その場で真っ黒な炭《すみ》に変身してしまったに違いない。

「急がないと！　フレーズが待ってる」

ヴァルは立ち上がり、傷の痛みも忘れて、ふたたび駆け出していた。

その頃、花の城の王子の部屋では……。

ベッドの上に横たわったフルールが、ミントショコラに、爪の手入れをしてもらっている最中だった。

すぐかたわらに、薔薇の花びらでできた、ふわふわの枕があるにもかかわらず、ミントショコラの膝枕《ひざまくら》で。

「明日の夜は、フェアラルカか」

とろりとした薔薇の香油《こうゆ》で指先ごとマッサージされながら、フルールは、夢心地《ゆめごこち》でつぶやく。

「ええ、マイロード。お城を離れるのは、やはり寂しゅうございますか？」

「まさか」

花の王子は即答すると、優雅《ゆうが》に微笑《ほほえ》んで、従者《じゅうしゃ》でもあり幼馴染《おさななじ》みでもある、恋人のミントの精を見つめた。

「おまえと一緒なら、たとえそれが、水の一滴もない夜の砂漠でも、私には天国だ」

「そのようなお言葉、ミントショコラには、もったいのうございます」

「ばか……」

優しく叱《しか》ると、フルールは、ミントショコラの手をつかむ。

「いつになったら、主従《しゅじゅう》の一線を超えて、私にたっぷりと甘えてくれるのだ？」

「そんな……。無理でございます」

目元を染めて、伏し目がちに視線をそむけるミントショコラに、フルールは訊く。

「なにが、無理だというのだ？」

「一線を超えることが、でございます。けじめは、けじめ。ミントショコラは、フルール様にお仕《つか》えできるだけで、充分に幸せなのですから」

「嘘をつくな」

フルールは身体を起こして、怒ったように、ミントショコラを抱き寄せる。

「ならば、おまえは、私がほかの妖精の姫と所帯《しょたい》をもっても、かまわないというのか？」

ミントショコラは一瞬びくりと長い睫毛《まつげ》を震わせると、ぽろぽろと涙を零《こぼ》しながら、うなずいた。

「当然でございます。フルール様は、この花の国の世継《よつ》ぎ。いつかは必ず、いずこかの美しくも賢い姫君と祝言《しゅうげん》をあげていただかなければ」

「おまえは、どうするのだ？　私が妃《きさき》を迎えたら」

「あなたのお許しがある限り、おそばに」

それを聞いて、フルールは、安堵《あんど》したように、ミントショコラの肩に顔をうずめる。

だが、変わらず不機嫌な口調で続けた。

「愛人でよいと？」

「はい。それが許されるのなら、従者としていつまでもお仕え申しあげとうございます」

「無理だな」

フルールは、冷たく断言する。

「なぜでございますか？」

瞳が濡《ぬ》れたままなのも忘れて、ミントショコラは顔を上げた。

「決まっているであろう。おまえが声をひそめて泣くのに、私が耐えられるわけがない」

フルールは言うと、ミントショコラを力強く抱きしめて、夜露《よつゆ》のような甘い涙を、唇でぬぐった。

「私は妃はめとらぬ。姉上が人間との恋に飽きて、戻ってくるのに、かわいい薔薇たちを千本賭けてもよい。そのまえに、父君《ちちぎみ》と母君《ははぎみ》のあいだに、弟ができるかもしれないが」

「フルール様。いけません、そのようなことは」

「責めるなよ。おまえは、私の幸せだけを祈っていればよい」

ミントショコラの柔らかな耳を甘咬《あまが》みしながら、フルールはささやく。

「誓ってはくれぬのか？　この花の王子ロードクロサイトの幸せだけを祈ると」

「あ……」

ミントショコラは、おずおずとフルールの首に腕をからめて、唇を重ねながら誓言した。

「誓います。とわに。ミントショコラは、あなたの幸せだけを祈ることを、今ここに」

「それでいい」

フルールは花のように微笑むと、ミントショコラが自ら重ねた唇を、強く吸う。

そして、薔薇が甘く香るベッドに、愛しい恋人の身体を組み敷いた。

「今宵《こよい》は寝かさないぞ。明日の御者は、シルフの双子に頼むといい」

「あぁっ」

小さく身悶《みもだ》えたあとで、ミントショコラは、ハッとしたように、フルールに謝罪する。

「申し訳ございません。ここを、濡らしてしまいました」

「涙のあとか」

フルールは、甘く瞳を細めて、ミントショコラの頰にキスしながら、ささやいた。

「かまわぬ。どうせ濡れるのだからな」

そう言って、フルールが低く笑うと、ミントショコラは、恥じらうように顔をそむける。

「かわいい奴め」

「……ぁっ」

下肢が触れ合っただけでびくりと膝《ひざ》を閉じ合わせようとする、純情で可憐《かれん》な恋人の腰を強く抱き寄せながら、フルールはつぶやく。

「御者といえば、ミントフレーズ。従兄弟《いとこ》なのに、おまえとは、だいぶ違うな」

「そうでございますか？」

びくびくと身体を震わせながら応えるミントショコラの耳元で、フルールはため息をつく。

「あぁ。兄のキャットミント同様、猫かぶりは得意だから、杞憂《きゆう》だとは思うが。あのじゃじゃ馬ならぬ、じゃじゃミント、なにも問題を起こしていなければよいが」

そうつぶやくと、フルールは、甘い吐息《といき》を零《こぼ》しているミントショコラの上に、情熱的に身体を沈めていった。

十二時の鐘が鳴り終わるのに、ぎりぎり間に合ったヴァルは、灯《あか》りのついていない薔薇園の離れを、テラスから、そっと覗きこんだ。

「フレーズ？　いる？」

約束の時間なのに、ミントフレーズが迎えてくれる気配もない。

（俺、また夢でも見てた？）

そよそよと吹き過ぎてゆく夜風に『お馬鹿《ばか》さん』と笑われた気がして、ヴァルは、がっくりとうなだれる。

「だよな。フレーズが、俺をこんな時間に誘うなんて、変だもん」

もっと早くに気づけよ、という感じだ。

病みあがりのミントフレーズは、もうとっくに眠りについているに違いない。

（寝てるのを邪魔しちゃいけないし、帰ろう）

そう自分に言い聞かせ、きびすを返しかけた途端《とたん》、ヴァルは、ポケットの中で握りしめている貝殻のことを思い出した。

「そうだ。これ、置いていこう。せっかく持ってきたんだし」

しょんぼりしながら帰る途中で、また転んだりしたら、今度こそ壊してしまいそうだ。

せっかくの、珍しい貝殻なのに。

（フレーズが喜んでくれるところを、見られないのは残念だけど）

頭の中で、ミントフレーズの笑顔を思い浮かべながら、ふとガラスの扉に触れたヴァルは、鍵がかかっていないことに気づく。

「無用心だな」

といっても、フェアラルカに盗賊がいるなんて、聞いたこともないのだが。

「貝殻、中のテーブルに置いちゃってもいいかな」

テラスに置いておくと、ミントフレーズになかなか気づいてもらえないかもしれない。

そう考えたヴァルは、ちょっとやましい気分になりながらも、ドアを押し開けて、客用のリビングに忍びこんだ。

「お邪魔します」

小声で挨拶をして、足音を立てないよう気をつけながら中へ進むと、テーブルに貝殻を置く。

「時季はずれだけど、サンタさんだと思って、許して！」

ささやきよりも小さな声で、そう言うと、ヴァルはすぐさま退散しようとした。

そのとき……。

「ヴァル？」

リビングと繋《つな》がっている寝室のほうから、ミントフレーズの呼ぶ声がした。

「あ！」

逃げるべきか、開き直って挨拶すべきか、ヴァルは一瞬迷う。

けれども、次のミントフレーズのひと言で、迷う必要はなくなってしまった。

「こっちへ来て。寝室だよ」

「うん。今、行く」

ヴァルは返事をすると、半分以上開いている寝室のドアを押して、中にすべりこんだ。

すると、淡い月明かりの中で、ベッドの上のミントフレーズが身体を起こすのが見えた。

頭のほうの三分の一くらいが、レースで覆《おお》われている天蓋《てんがい》付きベッドだ。

「ごめんね。ちょっとだけと思ったのに、うっかり眠りこんじゃってた」

「あ、うん」

ヴァルは、戸惑《とまど》いながら、あいまいにうなずく。

が、次の瞬間、かぁっと耳元まで熱があがってきた。

（ってことは、やはりあの約束は本当だったんだ！）

だが、興奮するのは、それだけではすまなかった。

ミントフレーズが、しどけなく髪を掻きあげたあと、身体《からだ》のラインの透《す》ける寝巻《ねま》きの、はだけた胸元のボタンを、ぷちぷちとはずし始めたせいだ。

（あわわわっ）

ヴァルは、火の粉どころか、一気に炎上しそうになって、愛しい人に背中を向ける。

部屋が暗いせいか、ヴァルが、破裂《はれつ》しそうな心臓を両手で押さえているのには気づいていないらしく、まだ眠そうな声でミントフレーズは言った。

「今から、海までつきあってほしいんだけど」

「海？」

びっくりして、ミントフレーズを振り返った途端、ヴァルは、また燃えあがりそうになる。

というのも、ミントフレーズは、ヴァルの目の前で平気で寝巻きを脱ぎ捨て、服を着替えようとしていたから。

よく考えれば、男同士なんだから、なにがまずいわけでもない。

（やばいのは、俺の心臓だっ！）

あわてて背中を向けて、うずくまりながら、ヴァルは訊く。

「どうして、今から海に？」

「ちょっと忘れものをしてきちゃったんだ。ほんとは、二人で、夜の薔薇園を散歩したいなと思って、誘ったんだけど」

「忘れもの？」

「そう」

着替え終わったらしいミントフレーズが、ヴァルの肩に手を置きながらささやいた。

「大事なものなんだ。でも、夜の海に一人で行くのは怖いから、ヴァルが一緒に行ってくれたら、とっても嬉しいんだけど。だめ？」

かわいく首をかしげて訊くミントフレーズに、ヴァルの心臓は、先刻《せんこく》とは少し違った動きで跳《は》ねる。

「いいよ。一緒に行くっ」

ヴァルがうなずくと、ミントフレーズは、薄闇の中でふわりと甘く微笑んだ。

TERM★6 暴いちゃ、いやん★

森を抜け、浜辺に出た途端《とたん》、ミントフレーズは、繋《つな》いでいたヴァルの手をぎゅっと握りしめた。

「フレーズ？」

真夜中の散歩の相手に、ヴォルケーノではなく、自分を選んでもらえたことを誇らしく思いながらも、ヴァルは、手を握りしめてくるミントフレーズを、小首をかしげながら見上げた。

「あ、ごめん」

ミントフレーズは、ハッとしたように、握りしめていた手の力をゆるめる。

「僕、水は苦手じゃないんだけど、夜の海だけは、どうしても怖くて」

月の光の作り出す細い道が、金色に揺れている水面《みなも》に目をやりながら、そうつぶやいて、ミントフレーズは小さく身震いする。

ミッドナイトブルーの波が、ざざぁと音を立てて、寄せては返す夜の渚《なぎさ》。

潮の香りをたっぷりと含んだ重い海風が、二人のかたわらを吹き抜けてゆく。

物珍しげに、探るように……。

ミントフレーズは、もう一度ヴァルの手を握りしめると、おへその上で裾《すそ》を結んだ長袖《ながそで》シャツの自分の上腕《じょうわん》を、反対側のてのひらで寒そうに抱きしめた。

「大丈夫？　また熱を出して、寝こんだりしない？」

心配して尋ねるけれども。

ヴァルの視線は、ついミントフレーズの剝《む》き出しのわき腹や、おへそのあたりをさまよってしまう。

淡い月光に妖《あや》しく浮かびあがるミルク色の肌のなまめかしさに、ヴァルは思わずごくりと、生唾《なまつば》をのみこんだ。

自分のせいでヴァルが心を乱しているのに気づいているのか、ミントフレーズは小さく笑ってみせると、ヴァルの腕に胸元を押しつけながら、両手でしがみついてくる。

「心配してくれてありがとう」

ヴァルの額にキスしながら、ミントフレーズは、ささやいた。

(キ、キス?)

唇にじゃなかったのが、残念ではあるが。

それでも、夜の浜辺でこんなふうに身体を密着させながら、しっとりと柔らかな唇を押し当てられて、平気でいられるわけがない。

(は、うわわわ。静まれ、俺の心臓っ)

また頭を突っこみに、波打ち際《ぎわ》まで走るべきか、本気で考えているヴァルの額から、スッとミントフレーズの唇が離れた。

その瞬間、喪失感《そうしつかん》が波のように押し寄せて、ヴァルは泣きそうになる。

「不思議だね。お昼は波打ち際を走りたくて、うずうずうきうきしてたのに。夜の海って、どうしてこんなに、不気味なんだろう？　そう思わない？」

「あ、あんまり考えたこと、なかった」

「そうなんだ？　僕が、海に慣れてないだけかな」

ミントフレーズは、いきなり両手を首のうしろで組んで、ゆっくりと伸びをする。

そして、ヴァルの顔を、斜めに覗《のぞ》きこみながら言った。

「そうだね。怖いとか気にしなければ、すごくロマンティックだったりして。ね？」

吐息《といき》が触れそうなほど近くに、ミントフレーズの唇が迫っているのを知って、ヴァルは真っ赤になって、うつむく。

「僕とじゃ、そんな気分になれない？」

残念そうにミントフレーズがつぶやくのを聞いて、ヴァルはうつむいたまま、何度も首を横に振った。

ミントフレーズとそんな気持ちになれなかったら、ほかの誰となれるというのだろう。

けれども……。

ヴァルがふたたび顔を上げたときには、ミントフレーズはもう、数歩前に立って、夜の海を眺《なが》めていた。

「フレーズっ」

ヴァルは、ミントフレーズの背中に呼びかける。

「なぁに？」

振り返ったミントフレーズは、少し前の会話など、すっかり忘れているように見える。

せっかく必死に意思表示したのに。

「あ、あの……」

（二人でもっとロマンティックな気分になりたい）

ヴァルが意を決して、そう告白しようとしたせつな、ミントフレーズは、アッと小さく声をあげた。

「忘れもののこと、忘れてた」

ミントフレーズは、急にあわてたように、砂浜を駆《か》け出す。

「ま、待って！　うわっ」

あわてて後を追ったヴァルは、いきなり立ち止まったミントフレーズの背中にぶつかり、砂の上にしりもちをついた。

にもかかわらず、ミントフレーズは、その場に呆然《ぼうぜん》と立ち尽《つ》くしている。

「潮が満ちてる」

「え？」

「うっかりしてた。ヴォルケーノの歌が、教えてくれていたのに」

そうつぶやくと、ミントフレーズは、がくりとその場に膝をついた。

「せっかく見つけたと思ったのに」

「フレーズ、どうしたの？　忘れものって、なに？　ねぇ、いったいどこに忘れてきたんだよ？」

放心《ほうしん》しているミントフレーズの肩を、ヴァルは揺さぶる。

「なんなら、俺が代わりに、取りに……」

「無理だよ」

ようやく我に返ったらしいミントフレーズは、力なく首を横に振って、ヴァルを肩越しに振り向いた。

その瞳に、夜露のような涙が光るのを見て、ヴァルは息をのむ。

「あそこ……」

ミントフレーズが片手をあげて、波間を指差す。

そこには、人魚がどうにか座れそうな小岩がひとつ、波に洗われているだけだった。

「あれって、もしかして、浅瀬《あさせ》にある岩の洞窟《どうくつ》？」

以前、水が苦手仲間のトォルとエアと三人で、肝試《きもだめ》しに入り口までいったことならあるが、たまたま波が押し寄せてきたので、必死に逃げ帰って、それ以来近づいたこともなかった。

「お昼に姿が見えなくなったとき、あそこにいたの？」

ヴァルが訊くと、ミントフレーズはうつむいて、首を縦《たて》に振る。

「兄ちゃんと？」

ミントフレーズがふたたびうなずくのを見て、ヴァルの視界は涙で曇《くも》った。

（二人で、なにしてたの？）

問い詰めたいのは、やまやまだったが、それを聞いてしまったら、自分自身が立ち直れないくらいのダメージをくらいそうな気がして、ヴァルは言葉をのみこむ。

けれども、聞かなくても、ダメージはほとんど一緒だった。

「好きなの？　兄ちゃんのことが」

きっと、ミントフレーズは、うなずくに違いない。

そう覚悟して訊いたのに……。

「嫌い。大嫌い」

返ってきたのは、ヴァルの予想とは正反対の言葉だった。

「湖の星祭り、素敵だったね」

フルールからの贈り物だとミントショコラから渡された浴衣《ゆかた》を着て、湖のお祭りに出かけた帰り道……。

ニィルは、ジルと繋いだ手を大きく振りながら、満足そうに顔を上げてうなずいた。

「あぁ。さすが花の国。あの花火には感動したな。甘い香りの花びらが、競い合うみたいに天から降り注いで……。とっても綺麗《きれい》だったね」

ジルは、思い出すように目を閉じて、うっとりとつぶやく。

そんなジルの横顔を、ニィルは、息を詰めて、見つめた。

(花火も綺麗だったけど、ジルはもっと綺麗だよ。……なんちゃって、なんちゃって)

自分の心のささやきに照れて、ニィルは、自身にツッコミを入れる。

「ジル」

ニィルが、ジルの浴衣の袖《そで》に抱きついて、キスをねだろうと背伸びをしかけたそのとき、ジルが、甘い笑みを浮かべて言った。

「それに、花火があがるたびに、エアがびくっとするのが面白かったな。子供の頃から、あぁなんだよ。大きい音が苦手で、昔は、花火見物に行くたびに、大泣きしてた」

「ふぅん」

急にテンションが下がって、ニィルは背伸びをやめる。

ジルが、双子の弟の想い出話が大好きなのも、弟自身が大好きなのも、骨の髄《ずい》まで染《し》み入《い》るくらい、承知しているつもりだったのに。

こうやって二人きりで、ものすごくいいムードでいるところに、そういう話をされると、邪魔なエアはもちろん、最愛のジルまでが憎らしくてたまらなくなる。

(進歩ないよね、自分……)

ジルのエア語りは、きっと一生やめられないだろうとわかりきっているので、自分がそれをうまく聞き流せるようになるか、もしくは一緒になって楽しく語り合えるようになるしか方法はないにもかかわらず、ついついムッとしてしまう。

(僕が、ジルのお嫁さんになったら、絶対弟いびりすると思うな。僕とエアのどっちが大事なの？　とか、しつこく訊いちゃったりしてね)

これまでにもすでに、何度も訊いたような気がするけれど。

そして、『きみが一番大事だよ』という返事も、何度も聞いたはずだけど。

それでも、自分のほうが絶対優勢！　という気には、いまだに全然なれなかった。

「僕とエアのどっちがかわいい？」

少し質問を変えてみるけれど、ジルは、いつものように優しくキスしてくれながら、ニィルの耳元でささやいた。

「もちろん、きみだよ。僕のニィル。世界中で、一番かわいい」

その言葉に嘘がないのもわかってる。

ジルは、いつも本気だから。

こうやって口説《くど》いている最中は、いつだって……。

でも、ジルが、その同じ唇で、弟のエアにも甘くささやきかけるのを、ニィルは知っていた。

生まれたときからずっと一緒にいる双子の兄弟なんだから、エアも少しはジルのことをうっとうしがればいいのに。

トォルとつきあっているくせに、ジルに甘い言葉をささやかれるたびに、瞳をとろんと潤ませてしまうエアもどうかと思う。

きっと同じ理由で、トォルもいらついているはずだ。

「なんだかなぁ」

ニィルが吐息を洩《も》らすのを見て、ジルは、珍しく眉根を寄せた。

「なにか気に入らないことでもあるのかな？」

そういえば、いつも温和なジルだが、一度機嫌を損《そこ》ねると、かなり意地になるところがあるのを、ニィルは思い出す。

フルールが、人間とかけおちした姉の代わりに、ジルのフィアンセとして押しかけてきたときも、そのせいで盛大に一戦やらかしてしまった。

(よく考えると、僕たちって似てるよね。意地っぱりという点では……だけど)

少なくとも、自分は、ジル以外を口説こうとしたことなどない。

花の城でお茶菓子に出された虹色のミルフィーユの魔法のせいで、過剰《かじょう》なリップサービスを絨緞爆撃《じゅうたんばくげき》しまくったときの記憶は、地下ダンジョンの最奥に穴を掘って、埋めておくとして。

(あと、トォルには、ちょっとだけ甘いところもあるけど、それは仕方ないよね?)

ニィルがそう思っていることをトォルが知ったら、異議を唱《とな》えるかもしれないけれど。

(でも、やっぱり、納得できない!)

自分はジルに操《みさお》を立てまくっているのに、相手は、そうじゃないということが。

フルールの仕掛けたミッドサマーナイトの惚《ほ》れ薬のせいで、ニィル自身も含め、七人を自分の嫁状態で口説きまくっていたときに比べれば、今はずいぶんマシだし、文句を言ってはいけないのかな？　という気にもなるけれど。

(いや。ここはやはり、がつんと言ってやらないと)

「ねぇ、ジル」

「うん？」

「はっきり言っちゃうけど、僕と二人のときは、僕以外の誰かのこと、考えないでよ」

ニィルがビシッと告げるのを聞いて、ジルは、大きくまばたきした。

「いつも、きみのことしか、考えてないよ？」

ジルに小首をかしげられ、ニィルはがっくりと地面に座りこむ。

「言った僕が、ばかだったよ」

「ニィル、機嫌直して。ほら、あそこ、蛍《ほたる》がいっぱいいるよ」

もっとすねてやろうと思っていたのに。

うっかりジルが指差すほうを見たニィルは、水辺に飛び交《か》う蛍の光に、「わぁ」と目をみはった。

どうやら、そこには小川があるらしく、耳をすますと、さらさらと水の流れる音が聞こえてくる。

「ちょっと寄り道していこう」

ジルが、ニィルの手首をつかんで、ひっぱりあげる。

「あ、ちょっと」

まだ話は終わっていない、と言おうとしたけれど。

ふわふわと夜に漂《ただよ》う幻想的な光の乱舞《らんぶ》に心を奪われて、気がつくとニィルは、ジルと一緒に、夢中で蛍に見入ってしまっていた。

「ニィル」

ふいに指をからめられ、ニィルの胸は、どきっと高鳴る。

「大好きだよ。素直なきみも、すねてるときのきみも」

ジルの甘いシトラスの香りと、形のいい唇が近づいてくる。

「もっとちゃんと知っててほしいな。僕がきみに夢中だってこと」

ジルはささやくと、とびきり甘い大人のキスをくれる。

「信じていいの？」

さっき食べた綿菓子味の舌をからませながら、ニィルは訊く。

「もちろんだよ。安心して、愛されてなさい」

吐息まじりのささやきが、唇でとろけて……。

ニィルは、またしても降参とばかりに、ジルの首にしがみつく。

そんな二人を、今度は蛍たちが、そっと見守っていた。

翌朝、遅い朝食をとった面々は、風の国生まれの美しい六頭の空飛ぶ白馬の曳《ひ》く、花の王家のかぼちゃの馬車で、一路《いちろ》フェアラルカへと向かっていた。

御者《ぎょしゃ》は、昨夜のフルールの宣言どおり、シルフの双子だ。

馬車の中には、トォルとニィル、そして、この馬車の持ち主でもあるフルールと、お付きのミントショコラが乗っていた。

ハートミアはルゲイエの乗ってきた白い天馬にタンデムで、馬車を先導しているはずだった。

「ほら、トォル。近づいてきたよ、僕たちのアヴァロン島」

ニィルに肩をつかまれ、強引に窓辺へひっぱられながら、トォルは「ふあぁ」とあくびをする。

「なんだよ？　だいぶお疲れだね？」

「まぁな。てか、ニィルはなんでそんなに元気なんだよ？　昨夜も一番帰りが遅かったのに」

まだあふあふしながらトォルが訊くと、ニィルは、いきなり肘《ひじ》で、従兄弟《いとこ》のわき腹を、思いっきりつついた。

「いってぇ」

「もうっ。恥ずかしいこと、訊かないでよ？」

「恥ずかしいことなのか?」

痛みで眠気が覚めたトォルが、大きく目を見開く。

「トォルは、恥ずかしいことで疲れているわけではないのかな？」

どうやら恥ずかしいことでお疲れらしく、ぐったりしてるミントショコラの肩を、抱き寄せながら、フルールが尋ねた。

「違うに決まってんだろっ！　エアのやつが、花火でスイッチ入っちゃって、最後の夜だから、花の国見物しようとか言いだして。空に舞い上がったり、あちこち歩きまわったりで、足腰がくがくだぜ」

「ほほう。トォルにしては、なかなかうまい言い訳だな」

「仰《おお》せのとおりでございます、マイロード。トォル殿、首筋に、恥ずかしい跡が」

「ぬあっ」

トォルがてのひらで、はっしと首筋を押さえるのを見て、ニィルが、ふふんと鼻で笑う。

「へぇぇ、いけないんだー。故郷《くに》の兄ちゃんたちに、言いつけちゃおうかな」

「ニィルー。頼む！　それだけはやめてくれ。兄ちゃんたちが本気で暴れたら、マジで地面割れるから」

「じゃあ、あとで、あれこれ包み隠さず僕に教えてね」

過酷《かこく》な条件を出すニィルを、トォルは真っ赤になってにらむ。

「そうだ。留守番のヴァルにも聞かせてあげようよ。旅の甘い想い出話をさ」

「ニィル……。おまえ、いつからそんなキチクになったんだよ？」

「生まれたときからだけど。知らなかった？」

開き直られて、トォルはがっくりと肩を落とす。

「あぁ、楽しみだなー。トォルの話を聞いて火の粉を飛ばすヴァルに、おみやげの手作り魔法薬をかけてあげるのが。どのくらい、効果あるのか、今から、わくわくだよ」

ニィルが瞳をきらきらさせながら、胸の前で両手を握りしめるのを見て、トォルは、うさんくさそうに眉根を寄せた。

「どんな薬だよ？」

前に訊いたときも教えてもらえなかったが、今回もニィルは、にっこり笑って言った。

「それは、着いてのお楽しみだよ」

なんとなくヴァルがご無体《むたい》な目にあわされそうな気がして、ちょっと早すぎるが、思わず無事を祈ってしまうトォルだ。

「でも、ちゃんと、ヴァルのためになる薬だから」

ニィルが太鼓判《たいこばん》をおせばおすほど、トォルの中で、ヴァルへの心配度が、うなぎのぼりに上がっていく。

「そういえば、お熱出して倒れたミントの従兄弟さん、大丈夫かなぁ？」

思い出したように、ニィルが、ミントショコラに訊いた。

「ええ。伝書係《でんしょがかり》の花粉の精が先日戻ってきて、もう大丈夫だと」

「そっか。で、また俺たちとは、すれ違いになるわけだな」

ちょっぴり残念そうに、トォルがつぶやく。

「ミントに似て、おしとやかそうな美人さんだったもんね。お友達になりたかったな」

ニィルが言うのを聞いて、フルールが「それなら」と、気前よくうなずいてみせた。

「フレーズを花の国に戻すのは、明日にしようではないか。どうだ？」

フルールに意見を聞かれ、ミントショコラは、一瞬戸惑《とまど》うような顔をする。

けれども、すぐに瞳を伏せて、つぶやいた。

「御心《みこころ》のままに……」

「よし、決まりだ。フレーズも一日くらいは、おとなしくしていられるだろう」

フルールが洩らすのを聞いて、ニィルが、興味しんしんに身を乗り出す。

「どんな子なの？　そのフレーズちゃんて」

「普通の小心なミント族でございます」

ミントショコラが答える横から、フルールが口を出す。

「こらこら。嘘は感心せぬな」

「ってことは？」

ますます身を乗り出すニィルの襟首《えりくび》をつかまえて、トォルがひきずり戻した。

「会えば、わかるだろっ」

「たしかに」

優雅に笑いながら、フルールがうなずく。

「楽しみが、もうひとつ増えたね」

にっこり微笑《ほほえ》んだあとで、ニィルは、ハッとしたように、皆を見まわす。

「その子、ジルを誘惑したりはしないよね？」

「まっさか」

トォルが呆《あき》れたように、ニィルをとがめるが。

ミントショコラが、ほんの一瞬、瞳を揺らすのを、ニィルは見逃さなかった。

「おおっ。やっと着いたぜ」

帰路《きろ》は往《い》きと違って、終始晴天で、天馬たちも暴れることなく、無事にフェアラルカの屋上にある馬車ポートに到着する。

「おや。ミントフレーズの出迎えがないな」

馬車の扉を開けるジルに抱きつきながら降りるニィルのうしろから、外の様子を覗き見て、フルールが首をかしげた。

「昨日ちゃんと、新たな伝令を飛ばしたのですが」

「もしかしたら、なにか不慮の事態が生じたのかもしれぬな」

フルールは眉根を寄せるが、すぐに笑顔に戻って、ミントショコラの手をとった。

「だが、特に問題はない。気にするな」

「申し訳ございません」

フルールとミントショコラに先を譲《ゆず》って、最後にトォルが馬車のステップから飛び降りると、待っていたエアに、肘でコツンと頭を小突《こづ》かれた。

「いてっ」

「昨夜のこと、ニィルにあれこれ突っこまれなかっただろうな」

エアが身を屈《かが》めて、耳打ちしてくる。

「突っこまれた」

ため息まじりに即答するトォルを見下ろし、エアは「やっぱりか」と、肩で馬車にもたれかかった。

「ってことは、おまえもジルになにか言われたのか？」

「あぁ。昨夜部屋に戻ったとき、俺たちの部屋が騒がしかったから、気になってたとかなんとか」

「俺のせいじゃないぜ」

トォルは、ツンと顔をそむける。

「ちゃんと、自分で、口押さえてたし」

「あぁ？　俺だって」

「いや。おまえは、なにかとうるさかったな。すぐに、はぁはぁ言うし」

トォルににらまれて、エアは真っ赤になる。

「ばっか。あれは、おまえが……」

「ちょっとお二人さん、なんの話してるの？」

ふいに声をかけられ、トォルとエアは、同時にハッと振り向く。

すると、ニィルが、獲物《えもの》を狙う怪鳥《かいちょう》のようなまなざしで、二人を覗きこんでいた。

「おまえには、関係ねー話だよ」

そっけなさを装《よそお》いながら、トォルは顔をそむけるが。

「なになに、僕にも聞かせてほしいな」

爽《さわ》やかな氷の風の王子のジルまでが、ミントキャンディ色の髪をなびかせながら、二人のほうへ歩いてきた。

「兄貴、なにか悪いものでも食ったのかよ？」

「あぁ、そういえば……」

ジルは、記憶をたどるように首をかしげる。

「今朝、フランボワーズのタルトを」

「なに？　俺も食べたかった！」

甘いもの好きのエアが、本気で悔《くや》しがるのを見て、トォルが横でぼそりとつぶやいた。

「朝飯食うより、出発ぎりぎりまで寝ていたいって、ごねたのは、どこの誰だよ？」

「なっ？　おまえだって、ぎりぎりまで枕にしがみついてたじゃねーかよ」

「いぎたないおまえに、つきあっててやっただけだ。ルームメイトのよしみでな」

似たり寄ったりな二人が、底辺の言い争いをしているのを聞いて、ニィルが「はいはいはい」と割って入る。

「僕も食べたよ。ほろっと甘くて、とろんとした舌触りで、ほんとおいしかったな、あのタルト」

「くうーっ！」

ニィルの説明にこぶしをふりあげて悔しがるエアの肩を抱きながら、つけ加えるように
ジルが言った。
「でも、あれを食べてから、やたらとゴシップが気になって」
「あぁ。あのフランボワーズは、ゴシップ好きな娘たちが集まる『噂《うわさ》の泉』のまわりで摘《つ》
んだものだからな。別名、ゴシップベリーと呼ばれる、わが国の名物菓子のひとつだ」
少し離れた場所から種明かしをすると、フルールは、ミントショコラが着せかけるマン
トを翻《ひるがえ》して、階段へと向かう。
「はぁぁ。最後まで、やられまくりだぜ」
フルールのうしろ姿を眺めながら、エアは肩を落とすと、深いため息を零《こぼ》した。
「ま、でも、楽しかったな、花の国。……おまえのエロい顔も見られたし」
声をひそめて、トォルがささやく。
「ばか」
照れくさそうにトォルの頭をくしゃっと撫《な》でたエアは、ジルとニィルの視線に気づき、
びくりと手をひっこめた。

「ところで、この人だれ？」

寮の部屋に戻る途中、中庭の食堂の前で、火の鳥のような衣装を身にまとったヴォルケーノと出くわし、ニィルが目をまるくする。

「フレーズちゃん……じゃないよね？」

「熱のせいで、変身したとかじゃ？」

そんなノームの従兄弟同士の会話を聞いていたエアが、横から口を挟《はさ》む。

「んなわけ、あるか！　あの人は、たしか、三年のヴォルケーノ先輩。ヴァルの兄貴だ」

「へぇ、あの人が、ヴァルの兄ちゃん？　そういや、俺、聞いたことある」

思い出したように、トォルが手を叩《たた》く。

すると、ヴォルケーノが、つかつかと彼らのほうへ歩いてきた。

「よう。シルフのプリンスたち。相変わらず、イケてるじゃないか」

「先輩こそ、イケまくりですね」

ジルが差し出す手を、ヴォルケーノが握り返す。

そのとき、ヴォルケーノは、シルフの双子の陰《かげ》に隠れているニィルとトォルに気づいた。

「知らない顔だな」

「高等部からの新入生ですよ。こっちの糖蜜色《とうみついろ》のハネっ毛がトォルで、ココア色のほうがニィル」

「ノームか。珍しいな」

ヴォルケーノはうなずくと、前振りもなくいきなりギターを掻《か》き鳴らし始める。

「おまえのハートを暴いてやるぜ！　地の底深き王国のプリンス。おまえのハートを埋め尽くすのは、炎のピンクの風の王子。あとは、従兄弟と宝物。それに食い物でいっぱい。甘いものは勘弁《かんべん》。だけどキスは甘いのが大好きなのさ。ここのお宝全部いただくぜ。ノーム王国に栄光あれ！」

じゃーん、ぎゅーんと弦《げん》を激しく震わせるヴォルケーノを、トォルは突っ立ったまま、呆然と見やった。

だが、すぐに事態に気づき、「うわーっ！」と叫ぶ。

「だ、誰も、今の聞いてなかったよなっ、なっ？」

皆は、哀れみをこめた瞳でトォルを見ると、互いに顔を見合わせながら、うなずいた。

「なにも聞こえなかったな？」

「うん」

「全然なにも聞こえなかったよ」

皆の厚い友情に感謝しながら、トォルが片腕で涙と汗をぬぐったそのとき、ヴォルケーノの瞳がきらりと光って、視線がニィルを直撃した。

「おまえのハートを暴いてやるぜ！」

ふたたび、ヴォルケーノが、ギターを振り上げる。

「もしかして、僕の？」

作り笑いをこわばらせながら、ニィルは、じりっとあとずさりながら叫んだ。

「だめっ。絶対だめーっ！」

それでもかまわず、ヴォルケーノは歌いだす。

「ココア色のおまえのハートは、これがすべてだ」

ヴォルケーノは、ギターを掻き鳴らしながら、かわいこぶって言った。

「暴いちゃ、いやん！」

TERM★7 甘い夏の忘れもの★

花の国の馬車がフェアラルカへついた頃、ヴァルは、図書館で、一人黙々と写本の最中だった。

とはいっても、頭の中は、ミントフレーズのことでいっぱいだ。

それも、昨夜ミントフレーズが、夜の浜辺で見せた泣き顔で。

「泣いちゃうなんて、よっぽど大事なものだったんだな」

それ以前に、あの涙は反則だ。

自分みたいに、しょっちゅうめそめそしているなら、まだしも。

やわやわで慎《つつ》ましやかで、ちょっと意地悪したら折れてしまいそうなのに、どこか気《き》丈《じょう》な感じのミントフレーズが見せた涙は、ヴァルには、とてつもなく高価な宝石のように思えた。

(フレーズ、すっかり落ちこんじゃってたけど、大丈夫かな？)

いつも笑っていてほしいのに……。

そのためにも、できるかぎりのことをして、ミントフレーズの忘れものを見つけ出してあげなければ。

昨夜はさすがに、海にすっかり飲みこまれている洞窟《どうくつ》の中にまで、それを捜しにいく勇気はなかったけれど。

(でも、潮が引いた昼間なら、全然大丈夫！)

なので、今日の午後からもう一度、ミントフレーズと海に行く約束を、ヴァルはしていた。

本当は、朝起きたらすぐにでも、ミントフレーズの元へ飛んでいきたかったのだが。

あいにく図書館の先生から、今日は午前中に写本に来るようにきつく申し渡されていたのである。

そればかりか、ノルマのページ数が仕上がるまで、外出禁止をくらってしまって、今に至る。

そろそろ潮も引き始める時刻だ。

ミントフレーズに逢いたい一心で頑張っただけに、ノルマもあと残り一ページ。

これさえ終われば、ミントフレーズと海に行ける。

(ようし！　もうひと頑張りだぜっ)

ミントフレーズと二人きり、潮の引いた浅瀬《あさせ》の洞窟の奥深く入っていくのを想像しながら、気合を入れて写本を再開するヴァルだったが……。

昨日、ミントフレーズはそこに兄のヴォルケーノと二人でいたのだということを、ふいに思い出し、ヴァルの胸は、ずきんと痛んだ。

(二人で、なにをしてたんだろう？)

彼らが消えていたのは、結構長い時間だったような気がする。

待ちくたびれて眠ってしまったから、正確なところはわからないけれど。

いろんな妄想《もうそう》で頭の中がいっぱいになって、ヴァルは、危うくまた書き写し中のページを一枚、だめにしてしまうところだった。

「あっぷねー」

どうにか体裁を整えながら、ヴァルは、悩ましげに抱き合って、濃密《のうみつ》なキスをしつこく繰り返しているミントフレーズと兄の姿を、必死に脳裏《のうり》から追い出しにかかる。

(兄ちゃんなんて、どうだっていい。フレーズが心から頼ってくれてるのは、この俺なんだからっ)

それに、ミントフレーズはたしかに昨夜、ヴォルケーノのことを大嫌いだと言った。

きっとヴォルケーノが、優しいミントフレーズを怒らせてしまうくらい、ひどいことをしたに違いない。

(フレーズを泣かせるのなら、たとえ兄ちゃんといえども、許せない。もう、絶交なんだからな!)

ヴァルは、ぼしゅっと噴《ふ》きあがる火の粉をあわてて払うと、ものすごい勢いで、焼け焦《こ》げのついた原書を、新しい紙に書き写し始めた。

一秒でも早くノルマをこなして、愛しいミントフレーズのもとに駆《か》けつけ、手に手をとって、海へ忘れもの捜しに出かけられるように。

「はぁぁ。びっくりだったね」

部屋に荷物を置いて、食堂にやってきたニィルは、かたわらで、テーブルに突っ伏しているトォルに耳打ちする。

「びっくりなんてもんじゃねーぜ」

トォルは、がばっと起き上がると、両手の指をめらめらとうごめかせながら、燃え上がる炎のように髪を逆立てた。

だが、それも一瞬で、すぐにまた、がくりと突っ伏してしまう。

「俺もう、立ち直れない」

深く落ちこむトォルの肩を、ぽむぽむと叩きながら、慰めるようにニィルは言った。

「大丈夫。トォルは、もっと恥ずかしい状況からも、何度も火の鳥のように復活してきたじゃない」

「うわぁっ。火の鳥のことは思い出させるなぁっ！」

「あらら。相当ダメージ大きかったみたいだね」

他人事のようにつぶやきながら、パイン&ココナッツジュースを、ちゅちゅーっとおいしそうにストローで吸い上げるニィルを、トォルは横目でにらんだ。

「おまえは、いいよな。火の鳥の兄ちゃんが、手加減してくれて」

「うん」

ニィルは、にっこり笑ってうなずく。

「ちぇーっ。いくらニィルがかわいいからって、不公平だぜ」

「多分そういう理由じゃないと思うよ」

ニィルは、ジュースのストローをふたたびちゅっちゅっと吸いながら、トォルに言った。

「じゃあ、どういう理由だよ?」

すると、ニィルは「へへぇ」と照れ笑いしながら、トォルを振り向く。

「あとから思いついたんだけど、あれって、面倒になったんだと思う」

「面倒?」

「そう」

ニィルはもう一度うなずくと、眉間《みけん》に縦じわを寄せているトォルに、こそこそと耳打ちした。

「僕のハートを一から暴いていくと、二、三時間じゃすまないって意味」

「う……」

急に腑《ふ》に落ちて、トォルは、ごくりと息をのみこむ。

「一週間くらいは、かかりそうかなぁ。ううん。一ヶ月は必要だね」

爽やかにそう言いきる従兄弟《いとこ》を見て、トォルは、はぁ……とため息をついた。

「ハートを暴くのも、結構大変な仕事なんだな」

「だね。トォルみたいに、わかりやすければ、簡単だろうけど」

「おい。それって、俺が単細胞ってことかよ？」

トォルがムッとして言い返したそのとき、ヴォルケーノと立ち話をしていたシルフの双子が、仲良く手を繋《つな》ぎながら食堂にやってきた。

「なんだ、喧嘩中《けんかちゅう》かよ？」

エアが、からかうように声をかけてくる。

けれども、トォルとニィルの視線が、ジルとからませあった指先に突き刺さるのに気づいて、あわてて手を離した。

「な、なんだよ？」

「別に」

ぷいとそっぽを向くトォルの腕に、ニィルも抱きつきながら、相槌《あいづち》を打つ。

「喧嘩なんかしてないよ。僕たち、仲良しだし。ねぇ、トォル」

「お、おうっ」

「知ってるよ、そのくらい」

いつもの優しい笑顔で覗《のぞ》きこんでくるジルを横目で窺《うかが》いながら、ニィルはちょっぴり寂しい気持ちになる。

トォルとベタベタした程度では、ジルが怒ったりしないことは、重々わかっているのに。

（でも、やきもちくらい、やいてくれればいいのに）

ニィルは、思わず唇を尖《とが》らせながら、隣の席に腰をおろそうとしているジルを、斜めに見上げる。

ジルは、澄《す》ました顔で椅子《いす》の背を引いて、身を屈《かが》める途中で、そんなニィルの唇から、素早くキスを奪った。

「……ぁっ」

唇が離れたあと、あわてて両手で口元を覆《おお》うニィルの耳に、ジルが小声でささやく。

「よくも見せつけてくれたね。あとで、おしおきだよ」

真っ赤になりながらも、嬉しそうにコクンとうなずくニィルから、エアがツンと目をそらす。

そんなエアを見つめながら、トォルはテーブルの下でこぶしを固めて、「おしおきしてやる！」と、心の中でつぶやいていた。

一方、離れの自室へ戻ったフルールとミントショコラは、おへそを出したラフな恰好《かっこう》で、愉《たの》しそうに歌を口ずさみながら、薔薇《ばら》に水をあげているミントフレーズを見つけた。

「フレーズ！」

フルールが声をかけると、ミントフレーズは、びくりと振り返る。

「王子……。ショコラも」

「こちらに戻ると、伝令を飛ばしたのだが、どうやら着いていないようだな」

「はい。申し訳ございません」

ホースを握ったまま、謙虚《けんきょ》に頭をさげるミントフレーズを見て、フルールは満足げに微《ほほ》笑《え》みを浮かべた。

「体調もすっかり回復したようだな」

「それはもう完璧に」

両腕をあげてガッツポーズをしかけたミントフレーズだったが。

「……ぁっ」

途中でよろりとよろめいてみせながら、か細い声でつけ加える。

「でも、まだ少々めまいが……」

「なるほど」

ミントフレーズが両手を振り上げた時点で、ホースの水を思いっきりかぶってしまったフルールは、同じく頭から水を滴らせているミントショコラを振り向きながら告げた。

「今すぐフレーズに、花の国に戻れというのも、酷《こく》な話か。なんの準備もできておらぬようだしな」

「申し訳ございません、マイロード」

あわててホースの元栓《もとせん》を締めているミントフレーズの代わりに、従兄弟のミントショコラが謝罪する。

「ならば、やはり、帰国は明日ということで。よいな、フレーズ」

フレーズにも聞こえるように、フルールが声を大きくする。

すると、ミントフレーズは、パッと顔を明るくして、フルールに駆け寄ってきた。

「ありがとう、王子っ」

フルールの首に両手で抱きつきながら、ミントフレーズはつぶやく。

「ちょうどやり残したことがあったんだ」

「やり残したこと？」

フルールにべったりと抱きついているミントフレーズを見つめながら、ミントショコラが、薄く眉をひそめた。

「あ、ショコラには迷惑をかけないから、大丈夫だよ」

「迷惑もだが、心配もかけないでやってくれ。それでなくとも、こやつは私のことで、気苦労が絶えぬのだからな」

ミントショコラを気遣《きづか》って、首に巻きついたミントフレーズの腕を剝《は》がしながら、フルールは言う。

「あれれ。とうとう、くっついちゃったんだ？」

ミントフレーズは、くすっと笑うと、うしろにまわした両手の指をからめあわせ、身体を揺らしながら、二人を交互に見やった。

「フレーズ。フルール様に向かって、その言葉遣いは……」

「よいよい。今に始まったことではない」

「いけませんっ。フルール様が甘やかすから！」

珍しく感情をあらわにしてしまい、ミントショコラはすぐに顔をそむけながら、小声で謝った。

「申し訳ございません」

「いや。怒ったおまえもかわいいから、許そう」

そんな二人に、ミントフレーズは、ため息をつきながら、つぶやいた。

「バカップル……」

「フレーズ！」

ふたたび声を荒くするミントショコラに、ミントフレーズは、くるりと背中を向ける。

「なんだかうらやましいな。疑う余地もなく、相思相愛で」

「そうであろう？　心置きなく、うらやむがよいぞ」

自慢げに微笑むフルールの胸に、ミントショコラは顔をうずめる。

その瞬間ハッとして、フルールの手をとった。

「お召しかえなさいませんと。お風邪をひかれては困ります」

「あぁ、そうだな。おまえを困らせてやるのには心惹《こころひ》かれるが、まぁ、このような真夏に風邪をひくのは、余程あまのじゃくな、ひねくれ者くらいだろう」

フルールは、ちらりとミントフレーズのほうへ視線をやりながら、肩をすくめた。

「ですが、濡《ぬ》れるのは、湯浴《ゆあ》みのときだけに」

「いや。それだけでは足らぬな。褥《しとね》で、おまえの蜜に濡れるのが、なによりの愉しみなのだから」

「勝手にやってろ……」

ミントフレーズは小声で言い捨てると、あとも見ずに駆け出す。

「あまのじゃくな、ひねくれ者で、悪かったな」

揺れる薔薇の香り。青い青い空。

「相思相愛なんて、ばっかみたい。やっぱり恋は、探りあって、騙《だま》しあわなきゃ。泣くか泣かされるかの、駆け引きが最高なのにさ」

「フレーズ？」

写本のノルマをこなして、ようやく解放してもらえたヴァルは、図書館の前にある木陰の石垣の上で、足をぶらぶらさせているミントフレーズを見つけた。

「どうして？」

「迎えに来ちゃった」

びっくりして駆け寄るヴァルに、ミントフレーズは寂しげに微笑みながら、小首をかしげてみせる。

「嘘っ。待たせちゃった？」

今すぐ抱きつきたい気持ちを必死にこらえながら、ヴァルは手を差し伸べる。

「そんなには……」

ミントフレーズは答えると、ヴァルの手につかまって、トンと着地した。

そのせつな、ミントフレーズは、バランスを崩《くず》して、ヴァルにしがみつく。

「あっ」

ミントフレーズの唇が、口元をかすめる感触に、ヴァルは息をのんだ。

「ごめん」

放心しているヴァルに謝ると、ミントフレーズは、指先で、唇が触れた場所をなぞる。

そして、ヴァルを優しく抱きしめると、唐突《とうとつ》に身体を離した。

「事故だから、気にしなくてもいいよ」

困ったように微笑みながら、ミントフレーズがささやく。

けれども、ヴァルは大きく首を振って、ミントフレーズのシャツの裾《すそ》をつかんだ。

「気にしたいっ。してもいい？」

ヴァルが訊くと、ミントフレーズはちょっとだけ戸惑《とまど》ったあと、小さくうなずく。

「ヴァルが気にしたいなら、いいよ」

そう言うと、ミントフレーズは、ヴァルの手をつかんで、指をからめた。

「行こう。今なら、きっと潮も引いてる」

「あ、うん」

緑の木洩《こも》れ日の中を、大好きなミントフレーズと手を繋いで歩きながら、ヴァルは、幸福すぎて、背中に羽根がはえたような気持ちになっていた。

ふわふわして、このまま空に飛び上がってしまいそうだ。

森を抜け、海について、ミントフレーズと手を繋いだまま、浅瀬を裸足《はだし》で駆けているときも、自分がまるで風の精になったような気分のままだった。

（この幸せが永遠に続きますように……）

今なら、どんな願いも叶《かな》えられるような気がしていた。

（フレーズの捜しものも、絶対見つかる！）

ヴァルが願《がん》をかけたからなのか、青い光に充たされた不思議な洞窟の中で、ラピスラズリの岩壁を探っていたミントフレーズが、嬉しそうに声をあげるのを、ヴァルは夢心地で聞いた。

「あった！」

「ほんとに？」

ヴァルはうしろから、ミントフレーズに駆け寄る。

ミントフレーズは、一箇所だけ金色の光が射《さ》しこんでくる白砂の上で、てのひらをそっと開いて、大事に握りしめていたものを、ヴァルに見せてくれた。

それは、ハートの形をした紅い石のペンダント。

まるでミントフレーズの瞳のようなストロベリー・クオーツが、きらきらと輝いている。

「ヴァルのおかげだよ」

ミントフレーズは、そのペンダントをポケットにしまうと、ヴァルの頬《ほお》や額にキスの雨を降らせながら、ささやいた。

「ありがとう。これで心置きなく、花の国に戻れるよ」

「え？」

「さっき戻ってきたんだ。うちの王子たちが」

その瞬間、ヴァルの幸せは、一瞬で粉々に砕け散る。

「ありがとう、ヴァル。きみと過ごしたこの夏のことは、忘れないよ」

甘いいちごの香りのするミントフレーズの胸に抱きしめられながら、ヴァルは、唇を咬《か》みしめ、声をひそめて泣いた。

TERM★8 ハートミアのもやもや★

少しばかり時間を遡《さかのぼ》って……。

湖の岸辺に降り立った眠りの精で天文学教師のオーレ・ルゲイエと、叔母《おば》から一方的に湖の貴婦人（ダーム）の称号を押しつけられた湖の精ハートミアは、純白の天馬を曳《ひ》きながら、森の中を学園の敷地内へと戻ってくるところだった。

「オーレ、お疲れ様」

花の国では、黒のローブに着替えていたルゲイエだが、白馬にその恰好《かっこう》は似合わないからか、今はまた、虹色に輝くマントつきの純白の王子服を身につけている。

「ハートミア。きみこそ、疲れたんじゃないのか？」

眠りを誘う、おっとりとした声で、ルゲイエは尋ねた。

「馬車のほうが、ゆったりしていられたのに」

金色に輝くさらさらの髪に、そっとキスをしながらささやくルゲイエに、ハートミアは、

「まさか……」と首を横に振った。

「せっかく久しぶりにオーレと相乗りできる機会を、僕が蹴《け》るわけないだろう？　なんだかどきどきしちゃった。ハネムーンか。いいな、それ。もういっそ結婚してしまおうか？」

「ハネムーンか。いいな、それ。ハネムーンみたいで」

「それ、本気？」

ネオンブルーの瞳を驚いたように見開いて、ハートミアが訊《き》き返す。

「あぁ。きみが卒業するまで待とうかと思っていたけど、フェアラルカの生徒は未婚でなければならないという規則は、たしか、なかったはずだ」

「オーレ……」

言葉を詰まらせるハートミアを、ルゲイエは、不安げに覗《のぞ》きこむ。

「プロポーズは、まだ早かったかな」

「そんなことないっ」

ハートミアは叫ぶと、大きく背伸びをして、ルゲイエの首に抱きついた。

「僕はいつだって待ってたよ。オーレがそう言ってくれるのを。子供の頃からずっと」

「ほんとに？」

「うん。僕が何度、結婚するなら眠りの精がいいって言っても、本気にしてくれなかったじゃない」

恨《うら》めしげに文句を言うハートミアを、とびきり甘いキスで黙らせたあと、ルゲイエは、謝る。

「悪かったよ。きみみたいなかわいい子と、本気で結婚できるなんて、あのときは思わなかったんだ」

「じゃあ、今は？」

「思ってるよ。本気で、きみと所帯を持ちたい」

ルゲイエは告白すると、ハートミアの左の薬指に、そっと唇をすり寄せた。

「んっ」

ハートミアがびくりと身をすくめるのを見て、甘い笑みを洩《も》らすと、ルゲイエは、うっとりとした口調でささやいた。

「指輪、用意しないと」

「トォルたちに頼むといいよ。きっと僕たちにぴったりのを、見つけてきてくれるから」

「そうだな。そうしよう」

見つめ合って、二人がもう一度、唇を重ねようとしたそのとき……。

うしろからおとなしくついてきていた白馬が、ルゲイエの背中を鼻先でつついた。

「どうした？」

白馬が指し示すほうを見やった二人は、顔を見合わせて、首をかしげる。

「誰だっけ？　あの子」

「さぁ」

ハートミアの問いに、知らないと首を振りかけたルゲイエだったが、ふいに思い当たったように、うなずく。

「花の国の御者くんじゃないかな？　ミントショコラの従兄弟《いとこ》だという」

「そういえば、なんとなく似てるね。髪の色とか、体つきとか。でも、どうしてヴァルと一緒に？」

「私たちが留守のあいだに、仲良くなったのかもしれないねぇ」

ヴァルとは結構一緒に行動することの多いハートミアは、仲良く手を繋《つな》いで森を歩いている二人を、少しばかり複雑な気持ちで眺めた。

「どこへ行くんだろう？」

「向こうのほうだと、北西にある三日月浜《みかづきはま》かな。ちょっと遠まわりだけど」

「手なんて繋いで、変なの」

ハートミアは、つぶやく。

それを耳にしたルゲイエは、木洩《こも》れ日の中を遠ざかっていくヴァルとミントフレーズを視線で追いながら、ハートミアをなだめるように、やんわりと言った。

「はぐれちゃうとまずいからじゃないかな？　ここが迷いの森なのは、きみも知ってるだろう？」

「でも、誰も迷ったりはしないよ？」

首をかしげるハートミアに、ルゲイエは説明した。

「それは、学長に、通行パスの呪文《じゅもん》をかけられているからだよ」

「通行パスの呪文？　そんなの、あるんだ？」

「そう。でなければ、この学園の中に、無関係なよそものが勝手に入りこんできてしまうからね」

そう告げて、ルゲイエは、ミントフレーズたちが消えたほうを見やった。

「あのミントくんは、多分パスを持っていない。だから、迷子にならないように、ヴァルと手を繋いでいるんだと思うよ。もちろん、仲良しだからかもしれないけど」

「ふぅん」

頭では理解したが、気持ちは納得できない……といった様子のハートミアに、ルゲイエが訊いた。

「気になる？」

「ちょっとね。なんだか、胸の中がもやもやする」

「妬《や》けるな。ヴァルに……」

いきなり、そんなことを言い出すルゲイエを、ハートミアは、びっくりしたように見つめた。

「なに言ってるんだよ？　そんなんじゃないって」

ハートミアは、あわてて言い訳をする。

「ほら、ヴァルって、呆《あき》れるほどピュアだし、だまされてないか心配になっただけだよ」

「だまされるって、あのミントくんに？」

「うん。オーレだって、見たよね？　あのヴァルの顔、めちゃくちゃ恋してる顔だった」

決めつけるハートミアの肩を抱き寄せながら、ルゲイエは吐息《といき》を洩らす。

「ヴァルが恋したら、いけないのかい？」

「そうじゃないけど、あの子が相手じゃ、ヴァルが絶対傷つくよ」

「でも、それも、ヴァルが望んだことなんじゃないかな？」

諭《さと》すようなルゲイエの口調にいらついて、ハートミアは、恋人の胸を両手で押しやった。

「もう、いいよ。僕は、友達として、ヴァルが心配なだけなのに」

「ハートミア」

ふたたび抱き寄せようとする手を振り払われて、ルゲイエは、ショックを受けたように、
ハートミアを見つめる。

「わかったよ。二人を追いかけよう」

「ルゲイエ？」

「ただし、あとでヴァルに恨まれても、文句を言っては、だめだよ」

「うん。わかってる。ありがとう」

ハートミアは、自分から抱きついて、濃厚なキスをすると、ルゲイエの腕をつかんで、

「早く」とひっぱった。

「はいはい。結婚する前から、私はきみに敷かれっぱなしだね」

肩をすくめるルゲイエに、ハートミアは目元を染めながらささやく。

「ベッドではお行儀《ぎょうぎ》よく、オーレの下に敷かれてるから、おあいこだよ」

「いや。ベッドでは、もう少し大胆にしてくれてもいいんだけどね」

穏やかな顔で、キチクな言葉を洩らすと、ルゲイエはハートミアを抱き上げ、白馬に横座りさせた。

そして、マントを翻《ひるがえ》しながら、そのうしろにひらりと飛び乗る。

愛馬の首を優しく撫でて、たずなを握ったルゲイエは、いつもの彼からは想像もつかない素早さで、木々のあいだを優雅《ゆうが》に駆《か》け抜けていった。

その頃、食堂では、ミントフレーズが姿を消したという話をミントショコラから聞いた面々が、どうしたものかと顔を見合わせていた。

「ええっ？　せっかくお友達になろうと思ったのに、どこに行っちゃったの？」

ミントショコラを問い詰めているニィルに、トォルが肩をぶつけながら耳打ちする。

「さっきは、ジルをとられないか、心配してたじゃん」

「あ……。ははは、もうそれはいいんだってば」

ニィルは、思いっきり声をひそめて、トォルの耳にささやき返した。

「ジルは僕に夢中だって、わかったから」

「あっ、そう」

トォルは、頭のうしろで手を組むと、周囲を見まわし、おやと首をかしげる。

「そういや、ヴァルは？」

「写本《しゃほん》じゃないか？」

頭の上から声がして、顔を上げると、エアの切れ長の瞳が真上から覗きこんでいた。

「そっか。でも、昼飯《ひるめし》どきくらいは、姿を見せてもよさそうなもんなのに」

「そう言われれば、たしかに」

エアも、怪訝《けげん》そうにうなずく。

「もしかしたら、海かもしれない」

突然ヴォルケーノの顔がエアの横に現われて、トォルは、ひいっと叫びそうになった。

「火の鳥の兄ちゃん」

「ヴォルケーノだ。まぁ、間違いではないが」

ぼそりと言い添《そ》えると、ヴォルケーノは、トォルの腕をつかんで歩き出した。

「ちょっと、先輩。そいつをどこへ連れてく気だよ？」

独占欲剝《む》き出しに大股《おおまた》で追いかけてくるエアを、肩越しに振り返って、ヴォルケーノは瞳を細める。

「おまえも、ハートを暴いてほしいのか？」

「え？　い、いや。それは遠慮しときます」

「臆病者《おくびょうもの》……」

トォルににらまれて、エアは、すねたように、にらみ返した。

その横から、ニィルが、ジルの腕をひっぱりつつ、顔を出す。

「ねぇねぇ。先輩、ジルのハートを暴いてっ。僕、ものすごーく知りたいんだよね。ジルの心の中」

「俺も……。ぜひ、ジルのハートを暴いてほしい」

エアも身を乗り出し、ニィルに賛同した。

彼らが暴きたがっている当人の反応が気になって、トォルはジルを振り返る。

を浮かべている。

けれども、やはり、ジルはジル。

自分のハートが暴かれそうになっているのに、まったく緊張した様子もなく、甘い笑み

ヴォルケーノは、ジルをちらりと見やるが、肩をすくめて言った。

「今日のところは、やめておく」

ヴォルケーノの返事を訊いて、ニィルが暴れ出す。

「そんなぁ。どうして？　どうして？」

「ジルも、ニィルみたいに、暴く部分が多すぎるから？」

トォルがこっそり尋ねると、ヴォルケーノは、いやと首を振った。

「あいつのハートは、鏡のように光を反射していて、俺でも覗きこめない」

「マジ？」

「あぁ。本気と書いて、マジ」

ヴォルケーノがこっそり答えるのを聞いて、トォルは、怖々《こわごわ》とジルを窺《うかが》い見た。

「残念だな。僕も、暴いてほしかったのに」

まだごねているニィルの頭を、よしよしと撫《な》でながら、ジルは愉《たの》しそうに笑っている。

「恐るべし、氷の風のジル……」

トォルがつぶやいたそのとき、ふとジルが顔を上げた。

思いっきり目が合ってしまって、トォルは、とっさにヴォルケーノのうしろに隠れる。

それでも、つかつかと近づいてくるジルを見て、トォルは、あわてて目をそむけながら言った。

「俺、ヴァルを捜してくる」

「おい、トォル。待てよ。俺も行く」

エアが追いかけてくる。

「で、どこを捜すんだ？」

「海じゃないかって、兄ちゃんが」

走りながら会話している二人の前に、ニィルを抱っこしたジルが、ふわりと上から降りてきた。

「ず、ずるいぜ、空から来るなんて」

驚いて石畳《いしだたみ》にしりもちをついたトォルが文句を言うと、ジルは、長い睫毛《まつげ》を当惑げに上下させた。

「どうして逃げるんだ？」

「いや、それは……」

この場でヴォルケーノの言葉をばらしていいものか悩みながら、トォルは、あいまいにごまかす。

（やっぱ、ニィルとエアには、黙ってたほうがいいよな。俺にとっちゃバケモノ級でも、奴らには、ジルはこの世で一番素敵な王子様なんだから）

とはいうものの、トォルにとっても、味方でさえいてくれれば、ジルほど頼もしい相手は、いないのだが。

「俺に、なんか用かよ？」

「用ってほどでもないけど、せっかく海に行くのなら、お茶の準備もして、みんなでピクニックはどうだろうと思って」

ジルの首にしがみついて、姫抱《ひめだ》っこされながら、ニィルも「そうそう」とうなずいている。

「なんだ。それだけかよ？」

トォルは、大きく安堵《あんど》の吐息をついた。

「秘密を知ったから、殺されるかと思った」

「なんだって？」

トォルの独り言を聞きとがめて、エアが覗きこんでくる。

「なにも言ってない」

エアの腕につかまって立ち上がると、ズボンの埃《ほこり》をはらいながら、トォルはごまかす。

「よし！　それなら、みんな誘って、ピクニックとしゃれこもうぜ」

TERM★9 おまえにハートを奪われて★

「あれ？　どこへ行ったんだろう？」

「彼らがこちらの方角に向かったのは、間違いないんだけどね」

森のはずれに馬を待たせて浜辺へ出たハートミアとルゲイエだったが、肝心《かんじん》のヴァルとミントフレーズの姿がどこにも見えないのを知って、戸惑《とまど》うように顔を見合わせる。

その二人だけではなく、青い波の打ち寄せる白い砂浜を見渡す限り、妖精っ子一人、見当たらなかった。

「先に着いちゃった？」

「そうだね」

背後《はいご》の木立《こだち》を肩越しに振り返りながら、ルゲイエがうなずく。

「もしかしたら、まだ森の中をそぞろ歩いているのかもしれない」

「僕、ちょっと見てくる」

そう言って、森の中に引き返すハートミアのあとを、ルゲイエも追った。

彼らがあと数秒、浜辺にいたら、炎の翼をはためかせた鳥が、真っ青な天空から浅瀬《あさせ》に舞い降りるのが見えたはずだ。

炎の衣《ころも》をまとったヴォルケーノは、大きく広げた両腕を、翼を畳《たた》むようにゆっくりとおろすと、目の前にある洞窟《どうくつ》の中に足を踏み入れた。

「兄ちゃん……」

「フレーズ、言っておいたはずだ」

ミントフレーズの腕の中で涙に濡《ぬ》れた瞳を上げるヴァルを見て、ヴォルケーノは冷ややかにつぶやく。

「そいつを傷つけたら、許さないとな」

「フレーズは、なにも悪くないっ」

ミントフレーズが口を開く前に、ヴァルがヴォルケーノに向かって叫んだ。

「さよならが哀しくて、俺が勝手に泣いただけ。だから、フレーズを責めないでよ」

「本当にそれだけか？」

二人のほうへ近づいていきながら、ヴォルケーノは訊く。

「それだけって、なんだよ？」

訊き返すヴァルの腕を、強い力でヴォルケーノはつかんだ。

「こっちへ来い。そいつは……」

「僕がなに？」

妖《あや》しく微笑《ほほえ》むと、ミントフレーズは、ヴォルケーノに見せつけるように、ヴァルをぎゅうっと抱きしめる。

「ヴァルを離せ」

「いやだ。だって僕はヴァルが大好きなんだもん。なんなら、証拠見せてあげようか？」

挑発《ちようはつ》するようにヴォルケーノを横目で見つめたあと、ミントフレーズは、ヴァルの頬《ほお》をてのひらで包んで、優しく上向かせた。

「フレーズ？」

ゆっくりと近づいてくるミントフレーズの唇を、ヴァルはまるで魅入《みい》られたかのように、うっとりと待ち受ける。

けれども、濡れたように輝くいちごのように紅いその唇が、ヴァルの唇に吸いつく前に、ヴォルケーノが乱暴に二人を引き離した。

「来い！」

「あっ」

ヴォルケーノが強引にヴァルの腕をつかんで引き寄せた弾《はず》みに、ミントフレーズが白砂の上によろける。

「フレーズ！」

ヴァルはヴォルケーノの手を振り払い、ミントフレーズに駆《か》け寄る。

そして、勢いよく振り返ったヴァルは、迫ってくるヴォルケーノからミントフレーズをかばうように、大きく両腕を広げた。

「フレーズは僕が守る！」

炎のような瞳で兄を見上げながら叫ぶヴァルの前で、ヴォルケーノは足をとめる。

「ずいぶん男らしくなったもんだな」

ヴォルケーノはそう洩《も》らすと、片手をあげ、ヴァルの頭をくしゃりと撫でた。

「え？」

予想外の兄の反応に、一瞬油断したヴァルは、いきなり額に熱のかたまりをくらって、その場に崩れ落ちた。

「なにをするんだよ？　かわいそうに」

気を失ったヴァルの頭を膝《ひざ》の上に抱き寄せて、髪を撫でてやりながら、ミントフレーズは、ヴォルケーノをにらみあげた。

「大嫌いだ。自分勝手で危険で……」

「そういう男が好きだと、おまえのハートが言ってるぜ」

「嘘だっ」

真っ赤になって顔をそむけるミントフレーズの顎《あご》を、ヴォルケーノは、ぐいとつかんで振り向かせる。

「嘘じゃない。おまえは俺に惚《ほ》れている」

「んっ」

ヴァルをあいだに挟《はさ》んだまま、咬《か》みつくようなキスをするヴォルケーノを、ミントフレーズは、呆《あき》れたようににらんだ。

「この自信過剰っ！　僕は、あなたなんか嫌いだって、言ってるでしょうっ？」

「なるほど。また身体に訊いてほしいのか？」

「ちがっ」

腕を引っぱられ、強引に立ち上がらされて、ラピスラズリの岩壁《いわかべ》に押しつけられたミントフレーズは、ヴォルケーノの熱い身体に抱きしめられて、びくりと喉《のど》をのけぞらせた。

「あ……」

激しく騒ぐ左胸の上を、ヴォルケーノの長い指がすべる。

「弾《ひ》いてほしいか？　俺に」

「誰が」

ツンと顔をそむけて拒否しながらも、ミントフレーズの身体は甘い期待に震えている。

華奢《きゃしゃ》なその腰のまるい丘を、ヴォルケーノの熱いてのひらが、強い力でつかみあげた。

「やっ」

とっさに閉じ合わせるミントフレーズの太腿《ふともも》のあいだに、ヴォルケーノの膝《ひざ》が割りこんでくる。

「あっ、だめっ」

身悶《みもだ》えるミントフレーズの、燃えるように火照った柔らかな耳を甘咬《あまが》みしながら、低い声音《こわね》でヴォルケーノはささやいた。

「観念《かんねん》しろ、怪盗《かいとう》ストロベリー・クオーツ」

「え？」

ミントフレーズが、とろけそうに潤んだ、いちご色の瞳をあげると、その瞳と同じ色のハートのペンダントを、顔の前でちらつかせているヴォルケーノが見えた。

「あっ！」

あわてて腰のポケットを探るが、そこはすでにからっぽで。

「返してっ。僕の『炎のシャラーラ』」

ヴォルケーノの手から、宝物を奪い返そうと、ミントフレーズは飛びかかるけれども。

「だめだ」

背の高いヴォルケーノはさらに腕をあげ、ミントフレーズの届かない高さで、お預《あず》けでもするように、それをぶらつかせた。

「ひどいっ」

膝を合わせて砂の上に座りこむミントフレーズの前に、ヴォルケーノは片膝を立てて、ひざまずく。

「追っていた相手に、まさかこんなところで逢えるとはな」

ヴォルケーノは、愛しくてたまらないというまなざしでミントフレーズを見つめると、その細い手首に手錠《てじょう》をはめた。

手錠と火の精を交互に眺め、ミントフレーズが訊く。

「なんだよ、これ？」

それには答えず、ヴォルケーノはどこからか二つ折りの手鏡《てかがみ》のようなものを取り出し、ぱかっと上下に開いて見せた。

そこには、ヴォルケーノの写真と、ロンドン警視庁の紋章《もんしょう》。

「俺はスコットランドヤード直属の妖精刑事《デカ》だ。妖精関連の事件を扱う特命課のな。コードネームは『火の鳥』。おまえをこの腕の中に捕まえる日を、夢にまで見ていたぜ。怪盗ストロベリー・クオーツ」

「やめてよ、怪盗とかいうの」

呆然《ぼうぜん》とヴォルケーノを見上げていたミントフレーズは、ようやく我に返った様子で、顔をそむける。

「トレジャー・ハンターと呼んでほしいな。それに、その石は盗んだわけじゃないし」

ミントフレーズは開き直ったようにヴォルケーノをにらむと、手錠をはめられた両腕を突き出して言った。

「これもはずして！」

「だめだ。おまえは、ヴァルのハートを盗んだだろう」

「知らないよ。僕は、ずっと欲しかったものを、偶然ここで見つけただけだよ」

ミントフレーズは、しらをきると、逆にヴォルケーノを糾弾《きゅうだん》する。

「あなたこそ、僕の唇を奪ったくせに。……唇だけじゃないけど」

目元を染めて、瞳を伏せるミントフレーズに、ヴォルケーノはささやく。

「お互い様だろう？」

「そんなことない。僕のほうが被害甚大《ひがいじんだい》だよ」

ミントフレーズはつぶやくと、濡れた瞳を甘く揺らめかせながら、ヴォルケーノを見上げた。

「でも、許してあげる。だから……キスして」

目を閉じて誘うミントフレーズに、ヴォルケーノは、唇を重ねる。

熱をもった吐息と舌が、蜜《みつ》のようにしっとりとからみあった瞬間、ミントフレーズが、ふふ……と笑った。

「フレーズ？」

「いただきっ」

ミントフレーズは立ち上がると、くるりとまわる。

その手にはすでに手錠はなく、代わりに、ストロベリー色の『炎のシャラーラ』が、ミントフレーズの指にからまった細い鎖《くさり》の先端で、きらきらと輝いていた。

「手錠抜けなんて、簡単簡単」

ミントフレーズは笑いながら、洞窟の外へ駆け出す。

「さよなら、学生刑事さん。いろいろスリリングで、愉《たの》しかったよ」

「してやられた。……じゃじゃミントめ」

踊るようにまわりながら、外の光の中に消えるミントフレーズを、ヴォルケーノは急いで追いかける。

そのとき、ミントフレーズの悲鳴が響き渡った。

「フレーズ？」

外に飛び出したヴォルケーノは、漆黒《しっこく》の天馬に跨《またが》った黒い軍服の男の腕に抱かれているミントフレーズを見つけた。

「おまえは誰だ？」

ヴォルケーノが問うと、男は黒いマントを翻《ひるがえ》しながら、逆に訊き返してきた。

「おまえこそ、誰だ？」

「俺は、火の精ヴォルケーノ」

それを聞いて、男は、眉をひそめた。

「なるほど。おまえの噂は聞いたことがある。……もちろん、もうひとつの名前のほうのだがな」

「おまえの名は？」

「俺は、永遠の眠りの精、オール・ルゲイエ。皆は俺のことをデスと呼ぶ」

「永遠の眠りの精が、なぜこのようなところへ？　まさか、ミントフレーズを連れていく気では？」

眉根を寄せるヴォルケーノに、デスは、笑いながら答える。

「そんな、獲物《えもの》を横取りされたような目で、俺をにらむな。案ずることはない。目当てのものが手に入れば、こいつはすぐにでも返してやる」

なにか呪文でもささやかれたのか、ぐったりとして自分の腕に抱かれているミントフレーズを視線で示しながら、デスは言った。

「目当てのものとは、なんだ？」

「それは、あそこにいる、わが愛しの……」

デスは、ミントフレーズをマントで隠すと、ふたたび浜辺に現われたハートミアのほうへ、一気に愛馬を進める。

「ハートミア！　迎えに来たぞ」

「デス？」

懐かしそうに近寄ろうとして、ハートミアは、ハッと歩みをとめた。

その手首を、ルゲイエがしっかりと握りしめている。

「だめだ、ハートミア。奴に近づくな」

「あ……」

ハートミアは、双子のオーレとオールを、戸惑うように交互に見やった。

ルゲイエから、自分がデスに連れ去られるところだった話を聞かされはしたが、ハートミアは、いまだ、彼に憎しみをいだけずにいる。

ハートミアの記憶の中では、デスは不安げに自分に甘えてくる大型犬のようなイメージのままだ。

そして、デスが自分を心から慕《した》っていることも、ハートミアは知っていた。

「デス……。元気でいたの？」

「あぁ。ずっとあんたのことを想ってたぜ。ハートミア、わが麗《うるわ》しのダーム（貴婦人）」

「なぜ、おまえがここにいる？」

前に進み出たルゲイエが、ハートミアを背後に隠しながら、弟を詰問《きつもん》した。

「追いかけてきたのさ。花の国ではひどい目にあったがな」

「無駄なことを！　ハートミアは私のものだと言ったはずだ」

言い放つルゲイエを、デスは笑い飛ばす。

「これまではな。だが、必ず俺のものになる」

「なぜ、そう言いきれる？　根拠のないおまえの自信に、これ以上つきあう暇はない」

ルゲイエは、上空で不敵な笑《え》みを浮かべている双子の弟に背を向けると、ハートミアの手首をつかんで引き寄せた。

「行こう」

「でも、デスが」

振り返るハートミアの手を引いて、無理やり森のほうへ戻りながら、ルゲイエは言った。

「もう二度と、あいつに会うことはないだろう。私たちは、結婚するんだからな」

「なんだって？」

デスはひどく動揺して、兄に訊き返す。

「今、おまえが耳にしたとおりだよ。今日私はハートミアにプロポーズをして、承諾《しょうだく》をもらったばかりだ」

「冗談じゃない。俺は許さないぜっ。ハートミアは、俺が花嫁にすると決めているんだからな！」

「百歩譲《ゆず》って、夢の中でなら、それも許そう。だが、実際にハートミアと永遠の愛を誓うのは、この私だ」

百歩譲ってと言うわりには、一歩も引かない毅然《きぜん》とした態度でそう宣言するルゲイエを、ハートミアは、熱っぽい、ぽーっとしたまなざしで見つめる。

それを見てしまったデスは、漆黒のオーラを立ちのぼらせながら宣告した。

「いや。ハートミアと永遠を誓うのは、俺のほうだ」

「まだ、そんなことを……」

呆れたように振り向くルゲイエの前で、デスは、片手でマントを大きく翻してみせる。

「無関係なこのミントの精を助けたければ、ハートミアをこちらに寄《よ》こせ」

デスの腕にかかえられたミントフレーズの姿を見て、ハートミアは、声をあげそうになる口元をてのひらで覆《おお》った。

「デス……。なんてことを」

「卑怯《ひきょう》だぞ！」

ルゲイエにののしられて、デスは嬉しそうに笑う。

「最高の褒《ほ》め言葉だ。俺は、手段を選ばない、永遠の眠りの精。俺の天馬のはばたきを聞いて、震えあがらぬものは誰もいない。俺こそが最強にして、もっとも忌《い》まわしき妖精、オール・ルゲイエだ」

そのとき、森の奥から、がやがやとにぎやかな声が聞こえて、海辺のピクニックを愉しみにやってきたトォルたちが、姿を見せた。

「え？　もしかして、デス？」

ニィルが、額の前にてのひらをかざしながら、黒い天馬を見やる。

「なんだ、なんだ？　うわ、あのぐったりしてるの、ミントの従兄弟なんじゃ？」

祭りだ、祭りだ、という感じで、ニィルの前に走り出たトォルが、あわててエアの腕をひっぱる。

「マジかよ？」

「あぁ……フレーズ」

よろりと気を失いそうになるミントショコラを、フルールが抱きとめた。

「兄貴っ」

エアが目配《めくば》せすると、ジルも「うん」とうなずいて、一歩進み出る。

「待て」

二人同時に風を起こそうと手をあげるシルフの双子を、フルールがとめた。

「なんで邪魔するんだよ？　おまえのとこのかわいこちゃんが、連れ去られそうになってるんだぜ」

エアが不満げに言うのを聞いて、トォルは、ぴくりと肩をあげる。

「ああいうタイプ、好みだったんだ？」

「ば、ばか。そんなこと言ってる場合じゃないだろっ」

あせって言い返すと、エアはふたたびフルールに詰め寄った。

その肩を、ジルがつかんで、振り向かせる。

「エア、あれを見て」

ジルの視線を追って顔を上げたエアは、陽炎《かげろう》のゆらめく浅瀬の向こうから、炎をまとった一人の男が近づいてくるのを見た。

「ヴォルケーノ先輩？」

「ここはひとつ、彼の手腕を見物させてもらおうではないか」

「そうだね。僕も見てみたいな」

フルールにうなずき返して、ジルは、ルゲイエの胸にしっかりと抱きすくめられたハートミアのほうを、皆に視線で指し示す。

「それにどうせ、デスが本当に連れていきたいのは、ハートミアなのだろうし」

「ってことは、ミントフレーズは、人質？」

つぶやくトォルに、ニィルも「だね」と、相槌《あいづち》を打った。

「ほんと卑劣《ひれつ》なんだから。デスって、実は、僕の永遠のライバルのような気がしてきた」

なぜか闘争心を刺激されたらしく、ニィルは胸の前で、こぶしを固める。

「私のことも忘れないでほしいものだな」

フルールもすかさず名乗り出るのを聞いて、トォルは、深くため息をついた。

「腹黒自慢はあとにして、もっと真剣にミントフレーズの無事を祈れよ」

「ごめん。でも、ヴォルケーノ先輩も、無敵っぽくない？」

素直に謝ると、ニィルは、トォルの腕を引きながら耳打ちしてくる。

「たしかに」

トォルはうなずくと、めらめら燃えているヴォルケーノを見やった。

「あの兄ちゃんとは、俺は、絶対に戦いたくないや」

「また暴きまくられると困るしね」

ニィルがそう言ったちょうどそのとき、デスの近くまでやってきたヴォルケーノが、ふいに立ちどまった。

皆が息をのむ中で、ヴォルケーノはいきなりギターを掻き鳴らし始める。

「おまえのハートを暴いてやるぜ！」

そう叫んで、デスを指差すヴォルケーノを見て、ニィルが「来たーっ！」と、両腕を振り上げた。

「クールでいかした孤高《ここう》の存在。誰もがひれ伏す恐怖の死神。ところがどっこい、寂しがりやの大型犬。好物はキスで、お風呂に入れてもらうのも大好き。ダームの胸に顔をうずめて、まだまだミルクミルクと甘えたい」

それを聞いて、ニィルが「きゃー」と嬉しそうな声をあげる。

ほかの面々も、くすくす笑いをこらえながら、顔を見合わせるのを見て、デスは、いったいなにが起こったのかわからないというように、視線を泳がせた。

「なにを言ってるんだ、こいつは？」

「ハートを、暴かれてるんだよ、デス」

ニィルが、両手を口元でメガホンみたいにして、ゆっくりと声をはりあげる。

「なんだって？」

ヴォルケーノの口から飛び出した歌の内容を思い出したのか、デスは真っ赤になって、怒鳴《どな》った。

「くだらない真似《まね》は、今すぐやめろ！」

けれど、ヴォルケーノは従うわけもなく、容赦《ようしゃ》なく続きを歌い始める。

「黒いハートの奥底に、まだまだ秘密が隠れてる。一番一番大好きなのは、幼い頃に引き離されたお兄ちゃん。かまってほしくてたまらないから、いつも意地悪しちゃうんだ」

「やめろーっ！」

両手で頭をかかえ、デスは、いやいやをするように、馬上で首を振る。

そのせいで、デスの片腕に抱かれていたミントフレーズが、馬の背からすべり落ちた。

「あ、危ないっ！」

トォルが叫ぶまもなく、ヴォルケーノは炎の翼を広げて、見事にミントフレーズを抱きとめると、そのまま空へ舞い上がった。

一方、デスはマントで顔を覆いながら、上空へと舞い上がる。

「おぼえてろよ！」

そのひと声だけを残して、デスの姿は青い空の彼方へ消えていった。

「ん……」

空中でヴォルケーノの腕に抱かれながら、ミントフレーズは意識を取り戻す。

「ヴォルケーノ？　僕を助けてくれたの？」

「まぁな」

ヴォルケーノはうなずくと、ミントフレーズを気遣《きづか》うように尋ねた。

「熱くはないか？」

首輪の耐熱装置《たいねつそうち》で一応ガードはしているけれども、それでも心配になるくらい今の自分が熱くなっている自覚が、ヴォルケーノにはある。

「大丈夫。熱いのは、嫌いじゃないから」

「それは助かった」

苦笑を洩らすヴォルケーノの口元に、ミントフレーズは、夢中で唇を押しつける。

「どうしたんだ？　急に」

驚きつつも、まんざらではない顔で、ヴォルケーノは訊いた。

「熱さで変になっちゃったみたい。好きなの、好きなの、ヴォルケーノが」

そう告白して、ミントフレーズは何度も、ヴォルケーノにくちづける。

「また手錠かけていいよ。お願い、僕をつかまえて」

「なんの罪で？」

意地悪に、ヴォルケーノは訊く。

「素直じゃなかった罪。本当の心を隠してた罪。大好きなのに、嫌いって言った罪」

ミントフレーズは、ヴォルケーノの首に抱きついて、熱いその胸に顔をうずめた。

「出逢った瞬間に恋をしてたよ。一目惚《ひとめぼ》れって、ほんとにあるんだね」

その瞬間を思い出すように、ほうっとため息をつく。

「恋に落ちるっていうより、空から恋が落ちてきたみたいだった」

そう告白して、とろけそうな瞳を上げるミントフレーズに、ヴォルケーノは、もっととろけそうなキスをする。

「おまえの罪は、もうひとつあるな。許しがたい重罪だ」

「なに？」

それは、もちろん。

「俺のハートを盗んだ罪だ」

目を覚まして、洞窟《どうくつ》から出てきたヴァルは、まばゆい炎に包まれながら、空から降りてくるヴォルケーノとミントフレーズの姿を見つけた。

抱き合って、情熱的なキスを何度もかわしている二人を。

「兄ちゃん……、フレーズ……」

涙が、ぽろぽろと零《こぼ》れてくる。

恋が落ちてきたのと同じように、失恋も、天からいきなり落ちてきた。

これが恋だ！　とわかったときと同じように、ヴァルは自分が失恋したことを、痛いくらいに理解していた。

「ヴァル」

波打ち際に着地して、ヴァルのもとに駆け寄ってきたミントフレーズは、握りしめていたストロベリー色のペンダントを差し出して、ヴァルの首にかけてくれた。

「これは、ヴァルにあげる。僕に親切にしてくれたお礼だよ。きっと、きみのほうが大事にしてくれると思うから。それに……僕にはこれがあるし」

そうささやいて、ミントフレーズは首にさげたハートの模様のある貝殻をひっぱり出して見せながら、「ありがとう」と、ヴァルの額にキスをした。

「やっぱり今日、花の国に戻ることにする。いいですか？　王子」

ミントショコラをともなって近づいてきたフルールに、ミントフレーズは訊く。

「あぁ。おまえがそうしたいのなら。またここには、遊びにくればいい」

「俺もしばらく花の国に世話になっていいだろうか？」

フルールに握手を求めながら、ヴォルケーノは尋ねる。

「かまわない。ついでにミントフレーズを調教《ちょうきょう》してくれると助かるのだが」

「努力する」

ミントフレーズを愛《いと》しげに見やりながらうなずくヴォルケーノに、フルールが声をかける。

「私のハートも暴いてはくれぬか？」

すると、ヴォルケーノは、肩をすくめて言った。

「暴かなくても、あふれてるぜ。王子の心は、花の臣民《しんみん》たちへの愛でな。特にそこの慎《つつ》ましやかなミントへのな」

「聞いたか？　ミントショコラ」

「フルール様。わたくしは今では、寸分たりとも、あなたの愛を疑ったことなどございません」

フルールは満足げにうなずくと、ミントフレーズへ視線を向けた。

「なにかまだ、私に隠していることがあるのではないか？」

「全然。あぁ、僕が王子を大好きってことかな」

ミントフレーズは、フルールに抱きつき、頬にキスをする。

「フレーズ！」

引き離そうと躍起《やっき》になるミントショコラにもキスをして、ミントフレーズは愉しげに笑った。

「じゃあ、僕は準備があるので」

遅れてやってきたトォルとニィル、ジルとエアにもキスをすると、ミントフレーズは、ヴォルケーノの腕に抱きついて、皆から遠ざかってゆく。

まるで、ヴォルケーノを連行《れんこう》するみたいに。

「ヴァル」

ミントフレーズにもらったストロベリー色の石を握りしめながら、ぽつんと一人でたたずんでいるヴァルに、トォルは歩み寄り、トンと肩をぶつけた。

留守のあいだの詳しい事情は知らないが、ヴァルがミントフレーズに失恋したらしいのは、トォルにもわかる。

「元気出せ」

こっくりとうなずくヴァルに、ニィルがものすごい勢いで駆け寄ってきた。

「ちょっと、それ見せて」

ヴァルのペンダントを覗きこんだニィルは、「あぁっ」と叫ぶ。

「これ、『炎のシャラーラ』っていう、魔法の石だよっ」

「炎のシャラーラ？　魔法って、どんな？」

訊き返すトォルに、ニィルが説明する。

「うん。まさにヴァルのためにあるような石だよ。だって、火の粉を飛ばす量を、調整できるんだもん」

「ほんとにっ？」

それまで力なく黙りこんでいたヴァルが、急に声をあげた。

「ってことは、これから好きな子ができても、火の粉を気にせず、デートとかできるってこと？」

「そう」

「やったー！」

泣きながら、ばんざいをするヴァルを、「キャッシュな奴」と、トォルが肘でつつく。

「けど、よかったな。いいもんが手に入って」

トォルとヴァルが手を握り合って喜ぶ横で、ニィルはなぜか残念そうに、ため息をついている。

「どうしたんだよ、ニィル？」

両手をうしろで組みながら、うつむいて身体を揺らすニィルを、トォルは覗きこんだ。

「せっかくのおみやげが、無駄になっちゃったなぁと思って」

ニィルは、吐息まじりにつぶやく。

「おみやげって？」

「これ」

ポケットから、いちご色の小瓶《こびん》を取り出しながら、ニィルは言った。

「僕の手作りの魔法薬。これを目にさせば、涙がとまらなくなって、火の粉もすぐに消せちゃうはずだったんだけど」

「ちょ、おまっ」

怯《おび》えたように身体をひくトォルの横から手を伸ばして、ヴァルはそれを受け取る。

「なんか面白そうだから、ありがたくもらっとくよ」

ヴァルは涙をぬぐいながら笑うと、ミントフレーズの瞳の色に染まり始めた空を見上げ、胸の奥でつぶやいた。

早く次の恋が落ちてこないかな……と。

〜巻末特典〜

おまえのハートを暴いてやるぜ!

〜妖精学園フェアラルカ♥〜

キャラクター設定集&人物相関図

【火の精】
ヴォルケーノ

ヴァルの兄で、フェアラルカの最上級生。エレキギターを抱え諸国行脚の旅に出ていたが、ふらりとフェアラルカに戻ってきた。口癖は「おまえのハートを暴いてやるぜ」。

月本先生より一言

最初はツン頭で三白眼気味だったのですが、最終的には無難な美形に収まりました(笑)。フルール同様、存在自体が派手なので、外見での過度な演出は控えました。(いや充分…)

【いちごミントの精】

ミントフレーズ

ミントショコラの従兄弟で花の国の侍従。フルールがフェアラルカから花の国へと戻る際、花の馬車を学園まで運んできたが、体調を崩してフェアラルカで休養していた。フルートが得意。

月本先生より一言

デザインの時点ではどんなキャラなのかよく判っていなかったので、この子に至っては、ショコラの従兄弟なんで同じように清楚系なのかなぁ～…なんて思いながら描きました…（苦笑）。基本は似てますが、ショコラより少女っぽい面立ちです。

【火の精】

ヴァル

ヴォルケーノの弟で、トォルやハートミアの同級生。純情で、ちょっと怖い話やお色気話を聞くとすぐに火の粉を降らせる。ミントフレーズに一目ぼれして、甲斐甲斐しく世話をやく。

月本先生より一言

彼は既に頭にイメージがあったので、すんなり決まりました。雰囲気はトォルに似ていますが、よりあどけないイメージです。それにしても、ホント可愛いですねこの子は…！（鼻息）

一目でわかる Let'sおさらい！ フェアラルカ♥人物相関図

この相関図で『フェアラルカ♥』の世界観とキャラの関係性をおさらいしておこう♡

巻末描きおろし4コマ「フレーバー摘出」

drawing by Telaco Tsukimoto

ヴァル君の未来予想図
きっとあの子は育ちます…

月本's FREE TALK

こんにちは、挿絵担当の月本てらこです。
フェアラルカも遂に5冊目。
あの！　あのヴァルくんが遂にメイシ（語弊あり）です！
やっぱりというかなんというか、さすがトォルの親友、可哀想モード全開です!!
（でも、今回１番可哀想な人はあの人でしたね・笑）
そして、なんとなく、今回はお色気度が上昇している気が…！
読みながらドッキドキ、描きながらヒヤヒヤ、あわあわ…。
ちょっぴり早足で、大人の階段を駆け上がるフェアリー達から目が離せません。

さらに、今回の新キャラ・ヴォルケーノ様とミントフレーズたんですが、
ふたりして私の予想の斜め上をいっており…！
ある意味、フェアラルカ史上最強の香りがします。

兄弟MOEの私は、ヴォルケーノ＆ヴァルのサラマンドラ兄弟の会話やスキンシップに
胸キュンが止まりません！　激しく熱い男・ヴォルケーノのヴァルをみつめる瞳は、
どこまでも穏やかで暖かいと思うのです。　あー　兄弟最高!!

それでは、フェアラルカ6巻でまたお会いできる事を祈って…。

Telaco Tsukimoto 2008. April

あとがき

皆様、こんにちは。オニを愛しキュンに生きる愛のおにきゅん戦士★南原兼です。このたびはお日柄もよく、もえぎ文庫ピュアリー「妖精学園フェアラルカ♥おまえのハートを暴いてやるぜ！」を捕獲いただきまして、どうもありがとうございます。

この本で、おにきゅん愛の伝道書も131冊となりました。発売中の同シリーズ既刊、「妖精学園フェアラルカ♥双子のシルフにご用心」「妖精学園フェアラルカ♥ダーリンは眠りの精」「妖精学園フェアラルカ♥フィアンセは花の王子」「妖精学園フェアラルカ♥迷子の恋はミルフィーユ」ともども、楽しんでいただけますとモア幸せです。ドラマCD「妖精学園フェアラルカ♥双子のシルフにご用心」も絶賛可愛がられ中ですので、未聴の皆様はぜひぜひゲチュよろしくお願いします。心臓やばいくらいに萌えます♪

さて、今回はまたまた危険なニューフェイス登場ということで、心拍数増やしていただけましたでしょうか（笑）？　二人とも危険キャラとか、いったいどういうこと？　って感じですね。書いてる私自身もびっくりです。キャラが増えるたびに、かぶらないか心配なんですが、今回も大丈夫でした。妖精さんの国には、個性的なキャラがいっぱいいそうですね。ミントフレーズくんの小悪魔っぷりに、くらくらきちゃいましたっ。偉大なる萌え神、月本先生の胸きゅんイラストのあのいちごちゃんの腰つきが、私を炎上させる〜！

はぁはぁはぁ。俺のハートも盗まれちまったぜ（照れ笑い）。ヴォルケーノ様も、予想をうわまわる、いかしたキャラで、ギターを掻き鳴らすキャララフを見ながら、痺れまくってました。萌えて燃えて大変でした。そして、ヴァルくーん。あうあう、なんて可愛いらしいデコなのっ。ふわふわ髪もきゅーんです。そして、可哀想すぎるところが。いやいや愛しすぎます。でも、結構美味しい目にあってたよね。年上の美人と真夏のあやまち……。きゅんです。今回（も）可哀想だったのはデスですねー（笑）。可愛すぎる。可哀想と可愛いは親戚なのかもしれません。『不敵』と打とうとしたら『腐的』と変換されたのが、忘れられない思い出です。レギュラーな面々もみんな大人の階段を一歩のぼったみたいなので、そのあたりもじっくり深読みしてみてくださいね♪

今回もハイパーうるとらビートで私のハートを暴いてくださいました月本てらこ先生♥ありがとうございます♪　コミック♥フェアラルカ頑張ってください！

そしてこの本の発行にあたり、大変お世話になりました担当様方と関係各社各スタッフの皆様にも、心から感謝を捧げます。本当にありがとうございました。最後になりましたが、読んでくださった皆様、超絶感謝です！　布教かつ、ご感想よろしくですぅ♪　クチコミ&投稿マガジンで月本先生のコミック♥フェアラルカも連載開始です。ぜひぜひ応援してくださいね。お葉書イラストも楽しみにしています。ではでは、次回も笑顔でお逢いし魔性♪　恋の呪文はフェアラルカ♥

愛をこめて♥南原兼&１０８守護霊軍団

おまえのハートを暴いてやるぜ！
～妖精学園フェアラルカ♥～

2008年5月2日　初版発行

制作協力者一覧
文　南原 兼
イラスト　月本てらこ

カバーデザイン　office609★
本文デザイン　古橋幸子　office609★

発行人　大野正道
編集人　織田信雄
編集長　近藤一彦
編集　高橋　充
企画編集　オーパーツ
発行所　株式会社学習研究社
〒145-8502
東京都大田区上池台4-40-5
印刷所・製本所　凸版印刷株式会社

この本に関する各種のお問い合わせは、次のところにご連絡ください。
●編集内容については☎03-5496-5041（編集部直通）
●在庫、不良品（落丁、乱丁）については☎03-3726-8188（出版営業部）
●それ以外のこの本に関するお問い合わせは、学研お客様センターへ
文書は〒146-8502東京都大田区仲池上1-17-15 学研お客様センター「もえぎ文庫ピュアリー」係
電話は03-3726-8124

※以下は本書およびアンケートハガキに関するお問い合わせ窓口ではありません。
本書アンケートハガキ以外の学研への個人情報に関するご依頼・お問い合わせは
㈱学習研究社CS推進部個人情報窓口
（☎03-3726-8124　受付時間：9：00 ～ 17：00 土日をのぞく）までお願いいたします。